美好人生记细

孙道荣 著

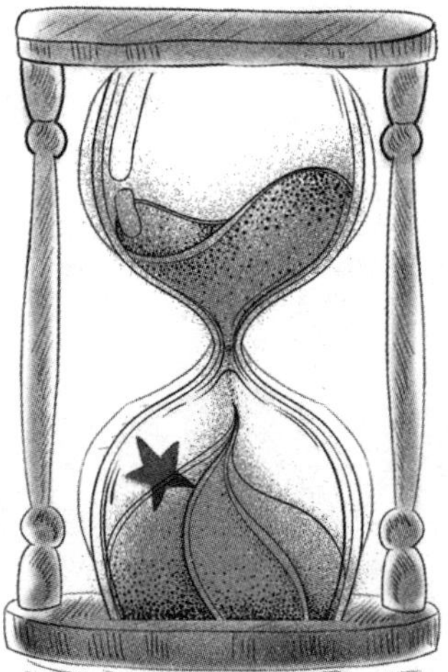

远方出版社

图书在版编目（CIP）数据

美好人生无巨细 / 孙道荣著 . — 呼和浩特 ：远方出版社，2020.5
（心灵瑜伽系列）
ISBN 978-7-5555-1349-0

Ⅰ . ①美… Ⅱ . ①孙… Ⅲ . ①散文集—中国—当代 Ⅳ . ① I267

中国版本图书馆 CIP 数据核字（2020）第 046735 号

美好人生无巨细

MEIHAO RENSHENG WU JUXI

著　　者 孙道荣
责任编辑 王　叶
责任校对 王　叶
封面设计 鸿儒文轩
出版发行 远方出版社
社　　址 呼和浩特市乌兰察布东路 666 号　邮编 010010
电　　话 （0471）2236473 总编室　2236460 发行部
经　　销 新华书店
印　　刷 三河市华东印刷有限公司
开　　本 145mm × 210mm　1/32
字　　数 186 千
印　　张 9
版　　次 2020 年 5 月第 1 版
印　　次 2020 年 5 月第 1 次印刷
标准书号 ISBN 978-7-5555-1349-0
定　　价 45.00 元

目录

第一章　从问题的制造者，到问题的解决者

第二章　和父亲坐一条板凳

第一章

从问题的制造者，到问题的解决者

一个字的N种处理方式

正在看书或做作业的孩子，忽然走过来，问你一个他不认识的字，你会怎么办？

最大的可能是，你扭头看了一眼那个字，认出来了，并直截了当地告诉了孩子答案，这个字怎么念，是什么意思。如果你此时心情好，平时心又细，你也许还会告诉孩子，这个字可以怎么组词，如何造句。孩子很崇拜地看着你，这让你很满足。

也有一种可能，你看看那个字，也不认识，或者好像很熟悉，但就是一时想不起来了。你诚恳而略带歉意地告诉孩子，这个字，你也不认识。孩子摇摇头，无奈地走了。

一种处理方式是，你看一眼那字，原来是个很简单的字，按理孩子早该认识它，没想到他却不认得。这不由得让你很失望，很生气，于是，怒由心头起，恶向胆边生："这么简单的字都不认识，你整天在干什么？简直就是个废物！"孩子被你骂得灰头土脸，垂头丧气地回到了自己的房间。

也许孩子过来问你的时候，你正忙于家务，或者电视正看到兴处，抑或正埋头捣鼓着手机，总之是正忙着呢。孩子的打扰，让你很不耐烦，很不开心，于是，看也不看孩子和那字一眼，嘴里嘟囔了一句："去去去，问你爸（妈）去！"孩子悻悻地走了。

也可能情形是这样的：你看了一眼那个字（也许认识，也许不认识，这不重要），扑哧一声乐了："呵呵，小子，现在认得字多了，来考你爸（妈）啦？"至于那个字到底怎么念，什么意思，你一个哈哈可能就打发过去了。

还有一种可能，你教育孩子很用心，认为孩子应该学会自己独立地解决问题，而不应该老是拿自己的问题来指望父母解决。所以，当孩子过来问你一个字的时候，你看都不看一眼那个字，就简单而坚决地告诉孩子：自己查字典去！

当然，也有这样的可能，那个字你不认识，你也诚恳地告诉了孩子，但你没有简单地打发了事，而是紧接着对孩子说："那我们一起来查查这个字，看看它是怎么读的，是什么意思，好不好？"于是，孩子找来了字典，你们一起查阅，最后，孩子认识了这个字，你也认识了这个字。

另一种可能是，那个字，你认识，你本可以随口就告诉孩子的，但你没有这样做，而是要求孩子去拿来字典，然后，一起去查，并和孩子一起探讨，这个字，可以怎么组词，怎么造句，甚至引申一下，它的同义词、近义词、反义词什么的。孩子不但认识了这个字，还学到了很多……

也许，你还有其他的处理方式。

没错，一个简单的字，一个简单的问题，作为家长，我们在面对时，可能会有很多种完全不同的处理方式，这与身为父母的我们自身的习惯、性格、修养、受教育的程度以及教育方式等都有关系。我不想评价上述哪一种处理方式是合理的、正确的、可取的，这本无标准。但我可以告诉你，你采取的任何一种处理方式，都是一种“教育”，你今天是怎么教育孩子的，孩子的未来就可能朝着某个方向走去，孩子的习惯、性格、能力、处理问题的方式，都会因你的处理方式而受到深刻影响。小到一个字，大到孩子的一生，都是如此。

不要以为孩子只在学校接受教育，其实我们的一言一行，都是教育的最直接的样本。从来没有一个父母是“不教”的，只是教育的方式不同，手段不同，效果自然也因而不同。别小看了一个字，一个字就有 N 种处理方式，也就是 N 种教育方式，它其实就是你在孩子身上埋下了一颗怎样的种子。

执着的孩子惹人爱

他以两个第一结束了自己的初中生活：一个是全年级成绩倒数第一；另一个第一是，学校第一次专门为一名学生举办的个人作品展。

初中三年，他的成绩，一直是倒数第一，经常交白卷，不是故意交白卷，是他真的不会做。他也几乎没交过家庭作业，同样是因为压根儿就不会做。不但学习成绩不行，别的事情他也基本上做不好。他的身子看起来很壮实，有段时间，他就想学学打篮球，可是，同学把球传给他，他却连球都接不住，更别说传球投篮了。甚至连很多孩子痴迷的电脑游戏，他也因为总是玩儿不好而了无兴趣。

他从来没有得到过老师的表扬，连他自己都认为，自己简直就是个废物。

直到有一天，老师给全班同学布置了一项手工任务：学习剪纸。老师拿来了一叠剪纸图案，让同学们照葫芦画瓢，练习剪纸。别的同学都抢着挑选简单的图案，因为好剪，他却选了一张最复杂、最难剪的图案。其他同学很快都完成了，他是最后一个完成任务的学生。当他把自己的剪纸作品交给老师的时候，老师惊讶地盯着他的剪纸看了半晌，然后对他说："你的这幅剪纸作品是全班做得最好的。"

他差点儿哭了。要知道，这可是他读初中以来，第一次得到老师的表扬。

课后，老师问大家："还剩下几张剪纸样张，谁愿意带回家继续练习？"没有人愿意上台去拿，只有他从老师手中又挑选了几张剪纸样张。第二天一上学，他就把自己在家里剪好的剪纸交到了老师手中。这是他很久以来，第一次主动上交"作业"。

老师再次表扬了他。

老师的表扬和鼓励，让他骤然对剪纸产生了浓厚的兴趣。此后，他不断向老师索要剪纸的图案，放学后带回家自己去剪。每天早晨，老师走进办公室，都会惊讶地发现，自己的办公桌上，总会摆放着一张剪纸作品，那是他上交的"家庭作业"。

老师说，看到他的"作业"，心里总是暖暖的。没想到，看起来笨拙的他，竟然有那么灵巧的一双手。更没有想到，似乎什么事都做不好的他，在剪纸这件事上，却那么执着，那么投入。

老师为他准备了更多的剪纸图案，让他练习。放学一回到家，他就照着图案埋头剪纸。老师交给他的剪纸图案，也越来越复杂，越来越难剪。他的真正意义上的第一幅剪纸作品，是水浒里的公孙胜人物像，人物身边的浮云，层层叠叠，下刀时稍有不慎，就会断掉，他花了一天半的时间，耐心地把它完成了。

父母欣喜地看到，一向坐不住的他，一向没有耐心完成任何一件事情的他，如今会连着两天一动不动地坐在书桌前，聚精会神地一刀一刀地刻画。他专注、执着的样子，让父母看了又欣慰，又心疼。

细心的老师发现，学习成绩一塌糊涂的他，身上有一种独特的品质，那就是执着。老师回想起一件小事，有一次学习《惠子项梁》时，为了让课堂更生动，老师让同学们“角色扮演”文章里的故事，他分配到的是一个最简单的角色，一个向丞相汇报的士兵，台词只有一个字：“报！”轮到他出场时，只见他绕教室跑了一圈后，大喊一声“报”，然后，跑到扮演丞相的同学面前，“扑通”一声，跪在地上。谁也没想到，他真的会跪下，同学们都被他逼真的表演震住了。那一刻，老师也心头一震，没想到这个孩子，做事还这么专注，这么认真。而他的执着，在遇到剪纸之后，更加淋漓尽致地表现出来，老师甚至在自己的微信朋友圈里夸奖他，“执着的孩子惹人爱”。

他接下来的初中生活，因为剪纸而变得丰富起来。虽然尚处于模仿阶段，没有自己独创的作品，但他越来越娴熟的刀法以及上百件惟妙惟肖的剪纸作品，还是感动了他的同学和老师。在即将毕业之际，学校破天荒地为一名学生举办了一场个人作品展，他的剪纸作品陈列在一间专门的教室里。

这是他的另一张中考成绩单。这张成绩单，厚实、沉甸甸。据说因为刚刚结束的中考成绩太差，他可能连职高都上不了，但我们有理由相信，只要他保持着这份执着和热爱，就一定会找到一条属于他的人生道路。

没有问题，才是问题

一个小孩子，一边走，一边回头对着自己的影子，又蹦又跳。

他扭头对着自己的影子，跺了一脚，做出恐吓的样子说："不准跟着我。"但影子还是跟着他。孩子又抬起左脚，踩住右脚的影子，试图把右脚的影子一脚踢开。他没能成功。

孩子生气了，气鼓鼓地问同行的妈妈："为什么影子老是要跟着我，像个跟屁虫一样？"

妈妈笑了，告诉他，因为有阳光，所以，我们每个人都有影子。

孩子哦了一声，抬头看了看天上的太阳，又问："那天上为什么有太阳？"

这个问题有点儿难住了妈妈：因为、因为天上本来就有一个太阳。

小孩子显然不太满意妈妈这个回答，他又歪着脑袋问："那为什么晚上没有太阳呢？"

妈妈看了孩子一眼，说："晚上啊，太阳公公睡觉了。"

孩子做出恍然大悟的样子："我懂了，太阳公公闭上眼睛睡觉了，我们就看不到它了。妈妈，那太阳公公睡觉时，会不会像我一样做梦呢？它讲梦话吗？它也尿床吗？它……"

妈妈一边走路，一边打着电话，孩子连珠炮似的问题终于让她有点儿不耐烦了："你哪有这么多稀奇古怪的问题，好好走你的路！"

孩子不吭声了，默默地跟在妈妈身后，低头走路，偶尔不甘心地回头看一眼自己的影子。

一会儿，孩子听见路边的树枝上，传来阵阵鸟叫声。孩子循着叫声望过去，激动地对妈妈说："我听到了鸟叫声，你听到了吗？"

妈妈嗯了一声。孩子好奇地问："妈妈，它是什么鸟啊？和我们上次在山里见到的鸟会不会是一样的？它怎么飞来的呢？"

妈妈还沉浸在刚才的电话里，随口嘟囔了一句："我怎么知道？"

孩子还想问什么，撇了撇小嘴巴，咽了回去。

又走了一会儿，孩子又看到了一个什么让他好奇的东西，他张了张嘴："妈妈……"看到妈妈正在专注地盯着手机看，孩子将到嘴边的话，再次咽了回去。

一路上，孩子再也没有问妈妈这个或者那个。只有一大一小两个影子，在阳光下默默前行……

也许就是从这一天开始，孩子开始尝试并慢慢习惯了把他好奇的、不懂的、没完没了的，想从父母大人那儿得到答案的五花八门甚至是稀奇古怪的问题，咽回到自己的小肚子里去了。他学会了沉默，他变乖了，他顺从了，他不烦人了。

可是，接下来会怎样呢？

看到新奇的东西，他可能就没什么兴趣了；遇到不知道的问题，他再也不想多问一个为什么了；一知半解的事，囫囵吞枣也就对付过去了。

在学校的课堂上，他往往不会积极举手回答问题，也不会把自己不明白的问题向老师提出来，更不会主动去思考以发现这道题或答案会不会有什么问题。没错，他没问题，一切也都没问题，他慢慢变得不惹事、不提问、不质疑、不探究。

而这，可能正是问题所在。一个孩子，一个学生，没有不懂的问题，没有感兴趣的问题，也没有提出问题的兴趣，更没有解决问题的动力和能力，他只能是一个被动地学习，一知半解地吸收知识的机器。若干年后，他长大成人了，工作了，独立了，你能指望他在工作中发现问题、研究问题、探究问题，找到问题的根源和解决办法吗？恐怕很难。

成长期的孩子，世界对他而言是新鲜的、好奇的，像谜一样。他想了解，他想融入，他想找到答案和途径，因此，孩子总是有永远问不完的问题，总是揣着永无止境的好奇心，总是有永远无法满足的欲望，而这些正是助推孩子成长的动能。他对这个世界的问题越多，疑惑越多，说明他对知识和这个世界的渴望就越强烈。而我们很多父母，却有意无意地扼杀了孩子的天性，我们可能没有让孩子输在起跑线上，却让他中途止步，甚至半途而废了。

对孩子的问题，特别是你觉得幼稚可笑，或者难以回答的问题，不要取笑他，也不要敷衍他，更不要打击他。如果凭你的知识和能力，不能回答他，你至少可以以你的经验教他一些寻找答案和解决的方法，至少应该保护他的兴趣，而不伤害他的自尊。

成长是什么？人生又是什么？很简单，就是发现一个又一个问题，并尽力解决它。如果什么问题也没有了，恐怕那才是真正的大问题。

爸爸，我可不可以不如你

儿子的一位同学，神情颓丧地来找儿子，诉说心中的苦闷。他们也不避讳我，坐在客厅里就扯开了，我也得以了解一二，归结为一点，对他爸爸很不满意。

这让我非常意外。他爸爸我也算是认识的，很成功的一位父亲啊，我们在家长会上见过几面，一看就是事业有成，知书达理，温文尔雅，见多识广。孩子们都知道他有一个好爸爸，无不艳羡他。就连我们这些做家长的，也自愧弗如，常常自觉不自觉地以他为榜样。这样一位优秀的爸爸，孩子怎么还会不满意呢？

儿子的同学忧郁地说："正因为他太优秀了，才让我喘不过气来。"

这叫什么逻辑？

儿子的同学摆出了一大摊苦经——

“爸爸是农村出来的，从爷爷辈起，我们家就没一个读过书认得字，爸爸是我们家，也是我们村出的第一个大学生。20 世纪 80 年代，那可是轰动整个山村的大事件。全家人都为爸爸感到自豪。说实话，我也挺佩服爸爸的，他那个时代，考大学本来就不容易，何况家里生活又那么差，学习条件又那么差。可是，他不该老是拿这事来压我啊，他经常挂在嘴边的一句话是：‘你现在的生活比我那时候好很多倍，学习条件比我那时候不知道强多少，因此，不管怎么说，你总不能不如我吧？我从农村走向城市，完成了一次跨越，你可不可以跨出国门，弄个洋博士回来？’

“这给我多大的压力啊。”儿子的同学叹着气，无奈地摇着头，“不单是这个，他什么东西都喜欢拿我和他比。我的英语不太好，他先给我买了随身听，又买了 MP5，还买了一台微型 DVD 机以及一大堆英语碟片读物。虽然这些东西给了我一些帮助，我也非常感谢他为我所做的这一切，但我的英语仍然没多大提高。爸爸开始不高兴了，经常板着脸对我说：‘这么好的条件，你都学不好英语，太不像话了！想想当年，我连本英语词典都买不起，还不照样学会了英语，虽然是哑巴英语。不管怎么说，你至少得比我强吧。’

“叔叔，您说说，凭什么我就一定要比他强？”儿子的同学一脸憋屈地看着我，继续发泄着心中的不悦，“有一次，我们几个同学谈到未来面临的就业问题，我爸爸在一边听着听着，忽然当着我的同学面，一本正经地对我说：‘你爷爷是个地道的农民，我也是农民出身，可是，我凭着自己的努力，不但进了城，念了大学，成了公务员，还当上了副处长。你将来不管怎么样，至少不能混得比我差吧？’我的同学听了他的话，一个个面面相觑，我恨不得找个地缝钻进去。没错，他靠自己的努力，做到今天这一步，确实很不容易，可是，这有什么值得骄傲的呢，而且，为什么要我一定要超过他，难道他当上了副处长，我将来就一定要当处长、局长才行吗？再说，我对从政一点儿兴趣也没有，根本不存在可比性啊。”

听着儿子同学的诉说，我大致听明白了。儿子在一边附和道：“其实我爸爸和你爸爸一样，也喜欢拿他自己和我比。”我诧异地看着儿子。儿子噘着嘴巴说：“别的不说，我只举一个例子。我的语文一直不太好，尤其头疼的就是作文了，你是不是老是拿你和我比，说什么你的文章都能四处发表，有的文章还上了语文阅读理解考试题，为什么自己的儿子，连个像样的作文都写不出来？”

儿子没说假话，我确实对儿子的作文不敢苟同，我也经常会有意无意地在儿子身上寻找，那些比我强的地方。作为父母，我和天下的父母一样，总希望自己的孩子能够超过自己，比自己这一代有理想，比自己这一代有能力，比自己这一代有出息。难道这有什么不妥吗？不然的话，长江后浪推前浪，怎么能够一代比一代强呢？

可是，从儿子和他的同学来看，他们显然对我们的一厢情愿，并不买账。相反，过多的比较，反而让他们厌烦，甚至产生了逆反心理。

正踌躇着怎么和儿子他们沟通，儿子的同学忽然说：“其实，我也有比我爸爸强的地方，前不久刚刚参加全国中学生信息学奥林匹克竞赛上，我获得了二等奖，而我爸爸，至今连怎么上网发邮件都不会。”

我拍拍儿子和他的肩膀。我赞成他们的观点：“你们可以不比自己的爸爸强，也不一定什么都要超过自己的父母，但你们同时应该知道，你们身上，一定有超过你们父母的地方。”

孩子，我认同这样的超越。

被老师没收的书

朋友是一所初中的班主任老师。每天和孩子们在一起，她很快乐。但也有让她烦心的事情，那就是总有孩子在课堂上不听老师讲课，而是偷偷地看课外书。通常的做法是没收，等到学期结束时再还给孩子。

然而这并未能阻止那些喜欢课堂上看课外书的孩子。每年学期结束时，她的办公桌上，总是堆满了各种各样的课外书，有的是她没收来的，有的是其他老师没收后交给她处理的。她是语文老师，常常鼓励孩子们多看课外书，因为这不仅对孩子的语文学习有极大的帮助，还可以使孩子们拓展视野。让她担心的是，这些课外书的内容太繁杂了，其中有一些是孩子不宜读的口袋书，对辨别能力还不强的初中生来说，害远大于益。

说教苍白无力，根本说服不了这些孩子，没收了一本，不久，又会出现另一本。有的孩子为了看课外书，甚至将早餐费节省下来，拿去学校边的小书摊买书。一次，一名女生来办公室交作业，看到了她办公桌上那堆没收来的书中，有一本新的《读者》杂志。交好了作业本，女生还站在一边不肯走。她问女生："还有什么事？"女生嗫嚅了半天，终于鼓起勇气，指着那堆书对她说，想借那本《读者》回家看。这名女生是语文课代表，作文写得特别好，家庭经济条件比较困难。还是第一次有学生向她借没收来的书，她犹疑着要不要答应。女生憋红着脸说，《读者》杂志要几元钱一本，她没钱买，以前都是向同学借来看的，这次同学在数学课上偷看时，被老师发现后没收了，她也因此看不到了，所以，才想跟老师借回家看。女生鼓足勇气说，只要看一个晚上就还，也保证不影响做作业。

她答应了女生的要求。看着女生的背影，她忽然有了一个念头。

第二天一早，走进教室的孩子们惊讶地发现，老师的讲台上，堆着一大摞书。好奇的孩子们跑上去一看，竟然都是以前各自被老师没收的书。教室里一下子炸开了锅，大家叽叽喳喳地议论着老师为什么将这些没收的书突然都搬到教室来。被没收最多的孩子沮丧地对大家说："完了，老师一定是要集中开批斗会了。"被没收过书的孩子，都一脸惶恐。

她走进了教室。拍拍讲台上的书，她说："这些都是同学们在课堂上被老师没收的书。"环顾一周，她接着说，"我想听听同学们的意见，怎么处理这些书。”

教室里安静极了。以前不都是学期结束时，再还给大家的吗？大家都不明白她的葫芦里到底卖的是什么药。沉寂了片刻，有人低声说，干脆一把火烧了。她笑着摇摇头，这里面有不少书，还是很健康、很有益的，烧了太可惜。见同学们没人再发言，她提了个建议："我想将这些被没收的书，在教室的一角，建一个微型图书区，感兴趣的同学，可以将这些书借回家阅读。"寂静的教室，再次炸了锅：真的吗？不管什么书都可以借回家看吗？她点点头，说："不过，这里面有一些书，我认为是不适合你们阅读的，但如果你愿意，只要到我这里登记一下，也可以借回家去看。"她清清嗓门，"我还要补充一点，这些书我都没有注明是谁的，今后再有人在课堂上不听课，偷看课外书，被老师没收之后，我会在封面上写下你的名字，然后摆在这里。"教室里响起热烈的掌声。

就这样，她利用这些被没收的书，在教室一角，建起了一个图书区。她惴惴不安地度过了第一天，她担心如果真有孩子向她借那些不宜的书，她该怎么办。所幸一天结束了，放学时书被借出了好几本，但没有一本是那些内容不堪的书刊。

偶尔仍有孩子在课堂上偷看课外书，被老师没收，但数量锐减。让她欣慰的是，好几本在她看来是健康有益的书刊，被反复借阅，孩子们在还书时，还会把破损的地方粘贴好。

那些曾经被老师没收的书，在教室的一角，构成了班级一景。

菜的前身是植物

和朋友到南方出差。在城郊闲逛时，路边遇见一位卖菱角的老农，篮子里的菱角，色泽青翠，个个饱满。一问，原来都是从老农身后的池塘里，刚刚采摘上来的，难怪这么新鲜。朋友一下子买了好几斤，但向老农提了个要求，就是帮他到池塘里，采摘一棵有茎有叶的完整菱角送给他。老农不解其意，但还是乐呵呵地走上岸边的小筏子，划到水中央，拎起一棵菱，轻轻一提，像拉网一样，拽上来一棵完整的菱角。

回到岸上，老农将手中的菱角递给朋友。我和朋友都惊讶地张大了嘴巴，没想到菱角竟然是长成这样的，像伞一样张开的叶丛中，悬挂着几棵还没有成熟的小菱角，而整棵菱角，有茎，有叶，有泡，有根，有须，最奇怪的是，它的根竟是从一棵老菱生发出来的。以前也吃过菱角，却完全不知道菱角是这样的形状。朋友小心翼翼地将整棵菱角收好，装进袋里。见我疑惑，朋友笑着说："带回家给孩子看一看。"

真是一位有心的父亲。回城的路上，我们的话题从那棵完整的菱角自然散开。

朋友告诉我，每次去市场买菜，他都有一个习惯，就是专挑那些有根有枝有叶的蔬菜买。除了这样的菜更新鲜，朋友解释说，他的目的是想让孩子看看，一棵菜，它的本来的模样。

有一次，朋友买菜的路上，看见一位挑着担子的农妇，筐子里全是连秆的毛豆，秆子上一串串的毛豆，翠绿，饱满，豆荚上的白色绒毛清晰可见，显然是刚从庄稼地里收割上来的。朋友拦下农妇，说服农妇卖几棵给他，农妇为难地挠着头皮，她还是头一次遇到有人这样买毛豆呢。朋友抱着毛豆秆回到家，放学回家的儿子看到毛豆秆，一脸兴奋，拿起一棵毛豆，瞅了半天，嘴里嘟囔着："原来毛豆是这样的啊。"小家伙还第一次主动帮爸爸剥毛豆米，小手从豆秆上摘下一颗毛豆，吃力地剥开豆荚中的豆，再摘一颗。朋友说，那时候儿子上幼儿园大班，以前别说让他帮忙干点儿家务活，连吃饭都得哄。没想到，一棵连秆的毛豆，会让孩子产生如此浓厚的兴趣。

自此之后，再去市场买菜，只要碰到连根连叶的，他都会买下。一般人买菜，都会让卖菜的将根啊，须啊，叶啊，枝啊什么的，全部剔除掉，买的是净菜；朋友则不同，他总是尽可能地买下根须完整的菜。而每次买菜回家，儿子都会跑过来，好奇地翻翻看看，爸爸的菜篮子里，又多了什么他还没见过的宝贝。在孩子看来，爸爸的菜篮子就像一个百宝箱一样，经常会带回来一些陌生而神奇的菜。

后来，朋友在菜市场上，认识了一位菜农，他卖的菜，都是自家菜园子里种出来的。朋友大喜，和菜农约定，今后有什么新菜上市的时候，给他带一棵连秆连叶的。菜农不明其意，朋友告知缘由，菜农表示非常乐意帮忙。这位菜农，给朋友带过一棵辣椒，上面既有青的辣椒，也有红的辣椒，还开着一两朵辣椒花。朋友说，不但儿子没见过，他自己以前也一直以为，青辣椒就是小的青辣椒长大的，红辣椒则是小的红辣椒长成的。还有一次，菜农带给他一串连蔓叶的番薯，一根藤蔓上，挂着大大小小十几个番薯，有趣极了。已经上小学的儿子喜出望外，亲热地抱着番薯，就像抱着心爱的玩具一样，多少天都没舍得吃掉。以前儿子也吃过很多次烤番薯，以为番薯天生都是一个一个的，谁知道，它们竟然是一串一串的呢。朋友乘机和儿子一起上网搜索查看，对番薯有了更多的了解。恰好几天之后，一篇课文提到番薯，儿子大出风头，在课堂上将自己了解到的有关番薯的知识讲给同学们听，连老师都对他刮目相看。

有时候，朋友也会利用双休日，带着儿子，到郊外去踏青，看看地里的庄稼和蔬菜。每次郊游，儿子都会有一些田园风光之外的意外收获。而每次出差到外地，朋友也都会逛逛当地的农贸市场，遇到当地产的蔬菜，他都会买上几棵连根连叶的，捎带回家，这成了他每次出门带给儿子的最好的礼物。朋友说，现在，儿子已经读中学了，对生物特别感兴趣。这也许就是潜移默化的作用吧。

看着朋友手里拎着的菱角，我忽然明白，菜的前身是一株有生命的植物，而我们却常常忽略了它。除了能给予我们营养，它还可以告诉我们一些关于生命的意义。

餐桌是最好的课桌

自从儿子上中学之后，我与儿子见面最多的地方，就是在餐桌上。

早晨六点，儿子必须准时起床，洗漱，吃早饭，然后，出门去上学。这时候，我多半还没有起床。中午，我们一家三口，在各自的食堂吃饭。晚上，儿子总是最后一个回到家，课多，放学迟，没办法。等儿子一回家，我们就开晚饭。为了让儿子能吃上一口热饭，妻子总是能在门铃响起来的时候，恰到好处地炒好最后一道菜。儿子放下书包，径直来到餐桌旁，吃饭。他总是埋头吃得很快，狼吞虎咽，很饿的样子，又很匆忙的样子。让他吃慢点儿，他嘟囔着："还有好多作业要做呢。"我和妻子相互看一眼，怜惜地叹口气。吃好饭，儿子一转身，去他自己的房间，做作业去了，直到很晚，才出来洗漱一下，睡觉。这一天就算结束了。

即使双休日，与儿子见面的机会也不多，大部分时间，他在自己的房间里看书、做作业，除了偶尔出来喝口水，或者上厕所。不过，双休日终究是不同的，唯有这两天，我们一家三口，可以围坐在餐桌旁，共进早餐、午餐和晚餐。这是多么难得的幸福时光。因此，双休日的任何应酬，我都是坚决推辞掉的。

餐桌，是我们一家三口，尤其是我们夫妻俩与孩子聚在一起最多的地方。餐桌上，也成为我们了解儿子的一个窗口。一个非常重要的窗口。

儿子在学校的情况，除了老师告知的，我们基本上都是在餐桌上获悉的。这几天在学校遇到了什么新鲜的事、开心的事，或者不顺心的事，儿子都会告诉我们。这算是我们从小培养他的一个好习惯，不管遇到什么事，都和父母讲。还是儿子上幼儿园的时候，有一天，他回来之后兴奋地跟我们讲，班上有一个女同学，对他特别特别好，长大之后，他一定要讨她做老婆。我和妻子笑得岔了气儿。但我们没有批评他，更没有训斥他，只是告诉他："等你长大了，还这样想的话，我们一定支持你。"没过多少天，儿子就忘记了这个茬。

初中的时候，儿子喜欢上了班里的一个女生，每次看到她，脸都憋得通红，上课老是走神，儿子很苦恼。这也是一次吃饭的时候，他自己告诉我们的。孩子早恋固然不好，但可怕的其实并不是早恋本身，而是父母压根就不知情，而错失了帮孩子一把的机会。儿子告诉我们之后，我和妻子认真地商量了对策。第二天吃晚饭的时候，我们告诉儿子："你那个吧，其实算不上早恋，顶多只是暗恋、单相思。正像你暗恋这个女生一样，说不定也有个女同学暗自喜欢你。"儿子的脸，被我们说红了。见状，我赶紧又补了一句："老爸年轻时，也和你一样，有过暗恋。"这下惨了，儿子穷追不舍让我交代自己的老底子。我只好老实交代。儿子瞅一眼老妈说："没想到老爸年轻时还这么浪漫。"我说："你老妈也有故事。"在儿子的追问下，妻子也坦白了。听着我们那个年代久远的故事，儿子笑翻了。我告诉儿子："喜欢女同学，这是很纯洁的感情，很正常，没必要担心，也没必要自责，你可以把它当成一件贵重的礼物，暂时埋在心底。"儿子听从了我们的建议，慢慢地渡过了这一关。他和那位女同学成了最好的朋友。

只要儿子愿意在餐桌上讲的事，我和妻子都会认真地倾听。让孩子敢讲话，乐于讲话，并把话讲完，这是非常重要的。有的人喜欢用餐时放音乐，而在我们家，一家三口其乐融融地边吃饭边交谈，是最美妙的一件事情。尤其是在儿子上高中之后，我意识到就连儿子与我们在一起吃饭，也将慢慢变成一件奢侈的事情，因为他很快就会离家读大学去了，到了那时，只有假期，我们一家才有可能团聚在一起。因而，每一次围坐在餐桌旁的机会，都弥足珍贵。

也有很多时候，儿子不想讲话，只顾埋头吃饭。这时候，我就会和妻子交流一下各自工作中的情况，并就某个问题，旗帜鲜明地发表自己的意见。有时候，儿子会突然冒出一句，表明他的观点和态度。不要以为孩子与这件事无关，他就丝毫不关心，对这个世界，他开始尝试着有自己的价值判断。而这样的交流，同样会潜移默化地影响他。

没错，对一个家庭来说，餐桌远不止是一个吃饭的地方，它还是一个非常重要的交流平台，特别是对有孩子的家庭。餐桌是家里最好的课桌，它可以帮助你教给孩子很多在课堂上学不到的东西。

藏东西

冬冬两岁了。两岁的冬冬学会了走路，学会了简单的话语，也学会了藏东西。

一次，爸爸有急事要出门，却怎么也找不到手机，问冬冬，冬冬一脸无辜的样子，摇头晃脑，咿咿呀呀不知所云。用座机打手机，手机却关机了，毫无线索。一家人急得抓耳挠腮，无果。几天后，打扫卫生时，从冬冬常坐的沙发夹缝里，找到了手机。

这也许是冬冬第一次开始藏东西，谁知道呢。晚上一家人看电视，想换个频道，一转身，却找不到遥控器了。冬冬专心地在一边玩玩具，他对大人看的又臭又长的肥皂剧根本不感兴趣。遥控器显然是让冬冬给藏起来了。可是，藏在哪儿了呢？这是冬冬的秘密，除非你同意让他看动画片，否则，这个秘密你甭想打开。要命的是，也许十几分钟后，冬冬自己也会忘记这个秘密。这时候，要想找到遥控器，只能发挥一家人天才般的想象力了。

冬冬最喜欢爷爷和他玩一个游戏：爷爷一只手握着一粒糖果，摊给冬冬看看，然后，将手握起来，藏到背后，再拿出来，吹口气，摊开，呀，糖果不见了。冬冬缠着爷爷，一遍遍玩着这个游戏，太神奇了，爷爷手心里的糖果，怎么转眼之间就消失了呢？冬冬对糖果的兴趣，远远没有对爷爷吹的那口气大，他迷上了可以令一件物体瞬间消失的神秘的仙气。

冬冬开始经常将一些小东西，紧紧地握在小手心，然后对着小手长长地吹一口气，摊开，看看它们还在不在。结果一次次令冬冬大失所望，那件宝贝还乖乖地躺在手心里。这是向我们的冬冬示威呢。他一次次向握得紧紧的小拳头吹气，腮帮子憋得通红。不要笑话我们的冬冬，用不了多久，他也会对着手心吹一口气，就将手心里的东西吹掉。

奇迹之门，就这样被打开。

冬冬吹一口气，妈妈刚刚放在洗衣机上的戒指不见了；冬冬吹一口气，爸爸刚才还在用的打火机失踪了；冬冬吹一口气，大人随手放在茶几上的车钥匙找不到了；冬冬吹一口气，他自己最喜爱的玩具倏然消失了……而几小时后，几天后，或者更长时间后的某一天，你会在皮鞋里、米桶里、枕头下面、一本书里或某个抽屉的夹层，总之让你绝对意料不到的某个角落，突然发现妈妈的一枚发夹、爸爸的那只手表、爷爷的收音机、奶奶的老花眼镜……不用说，这都是冬冬的“杰作”。淘气的冬冬，使生活陷入纷乱，有点儿糟糕，却也使原本平淡的生活，忽然多了一分意料之外的惊喜。

慢慢长大的冬冬，还会喜欢上捉迷藏，将自己掩藏起来，屏住呼吸，让小朋友或大人四处寻找；再大一点儿，冬冬读书了，学会了写字，他会迷上日记，他有太多的话，需要对自己说，而他的日记本是带锁的；长大成人的冬冬，还可能学会藏一点儿私房钱，他的某本书里，会夹着一张发黄的异性同学的照片，或一封厚厚的信什么的。

冬冬是我们的孩子，也是若干年前的我们自己。我们和冬冬一样，从一粒糖果开始神奇的游戏，学会了藏东西。而随着年龄的增长，我们需要掩藏、收藏和珍藏的东西会越来越多，我们的生活会越来越复杂，也越来越精彩。我们准备了很多带锁的抽屉、房门，将那些珍贵的东西藏起来，而人生最大的秘密，我们会埋藏在心底，独自回味。内心深处，是我们最安全的藏宝之地。

独生狗

出差回来，打开家门，两只小脑袋迎了上来。

不对啊！怎么会有两只脑袋？每次从外面回家，只要听到钥匙开门的声音，花花就会屁颠屁颠地摇着尾巴来迎接。花花是我们家养的一条狗。今天怎么突然冒出来两只小脑袋？

妻子解释说，朋友王大姐家里有事，将他们家的妞妞寄养在我们家几天。

我摸摸妞妞的脑袋。不管怎么说，它是我们家的客人，当然应该先抚慰它一下。没想到，花花不干了，看见我摸妞妞，忽地冲过来，挤开妞妞，嘴里还发出哼哧哼哧的声音。我也摸摸花花的头。花花这才满意地摇起尾巴。

家里突然多了一条狗，热闹起来。

看得出，多了一个伙伴，花花还是挺开心的。我们家住二楼，每次站在阳台上，看见楼下别的狗经过，花花都会发出“汪汪”的叫声，也不知道是和人家打招呼，还是想喊住人家停下来，陪它聊一聊。我知道它是孤单的，每天我们一去上班，它就只能孤独地趴在阳台上，往下张望，偶尔发出几声吠叫，破破寂寞。现在好了，它终于有了个小伙伴。两条狗，在家里追逐，游戏，撒欢，耳鬓厮磨，快乐极了。

但也有不和谐音。只要我们单独逗妞妞玩，或者抚摩妞妞，无论花花在做什么，都会急急忙忙赶过来，毫不客气地将妞妞从我们身边挤开。这个小气鬼，一点儿也舍不得把我们的爱分给它的小伙伴。妻子教育它，不能这么自私，应该对小伙伴友好。花花低眉顺眼地听着，很懂事的样子。但是，只要我们抚摩妞妞，它立马又果断地横亘在我们和妞妞之间，有时候，甚至还会对妞妞发出威胁性的低吼。这时候，妞妞往往知趣地姗姗走开。

到吃饭的时间了。王姐送妞妞过来时，带了些妞妞吃的狗粮。我给妞妞倒了一些。妞妞兴奋地埋头吃起来，吧唧吧唧，有滋有味。花花见状，也挤了过来，将嘴巴拱进饭盆里。我一点儿也不担心花花和妞妞抢食，因为花花从来不吃狗粮，它只吃猪骨头、鸡壳和米饭。为了让花花吃狗粮，我们想了很多办法，甚至狠心地饿过它两天，它依然不肯屈服，对饭盆里的狗粮，闻都不闻。最后，我们只得让步，每天单独给它烧吃的。

花花从妞妞的饭盆里，叼起几粒狗粮，犹疑着是嚼下去，还是吐掉。妞妞只顾埋头吃，很香的样子。花花将狗粮咽了下去，它竟然吃狗粮了！然后，又将嘴巴，拱进妞妞的饭盆里。只听见一阵稀里哗啦，花花和妞妞，你争我赶，很快，饭盆里的狗粮被它俩消灭得干干净净。

努力了那么多次，都没能让花花吃狗粮，因为有了妞妞，花花也吃狗粮了，这真是一个奇迹。

还有更喜人的变化。花花是条懒狗，除非它愿意，否则你根本喊不动它，“花花！”“花花，过来！”很多时候，喊破了喉咙，它也不理你。妞妞来了之后，情况变了，只要喊一声“妞妞”，没错，是喊“妞妞”，而不是“花花”，花花都会赶在妞妞的前面跑过来。也许，它是害怕妞妞抢夺了我们的爱吧。

花花是我们家骄傲的公主，它一直独自成长，也独自享受着我们对它的爱和呵护。没有同伴和它抢食、争宠。不过，另一个公主来了，它感受到了威胁，也因此试图改变自我。这几天，它真的改变了很多。

儿子牵着花花出去散步了。我看着他们的背影，忽然陷入沉思。

儿子是这样长大的

儿子说话迟，快两岁的时候才学会喊妈妈。见到谁都是一声妈妈，也不管是女的还是男的，少的还是老的。

两岁半的时候，儿子会喊阿姨了。还是那毛病，逮着谁都是阿姨，阿姨长，阿姨短，喊得不亦乐乎。有一次我领着他出门，众目睽睽之下，突然对着我这张胡子拉碴的脸，喊了声：“阿姨——”

三岁的时候，终于连奶奶这样高难度的发音也会了。没想到，老毛病还是改不了，甭管遇到谁，张口就是甜甜的一声奶奶。

每一次，大家都是笑得前仰后合。孩子嘛，有趣，好玩。

但我很担心：这孩子，该不会分不清对象吧？

五岁的时候，儿子总算能够分辨男女，辨别老少，并基本喊出对应的称呼了。这真让我们喜出望外。

一次，到一位同学家聚会。屋里已经聚满了人，这么多大人，儿子基本上都不认识，我也不想难为他，让他一个个喊人了。没想到，一个女同学忽然一把亲热地拉住了我儿子的小手，对他说 :“宝宝，喊我。”

儿子看看她，又扭头看看我，求援的样子。我正要告诉他喊阿姨，女同学制止了我 :“乖宝宝，你看看，应该喊我什么啊？”

儿子又认真地看看她，怯怯地喊了声 :“阿姨——”

“哎——宝宝真乖。等会儿阿姨给你买糖吃去。”我的悬着的心，也放了下来。

另一个女同学赶过来凑热闹，蹲在儿子的面前 :“宝宝，那你喊我什么啊？”

受到了前面阿姨的表扬，儿子的胆子大了起来。小东西装模作样，盯着她的脸瞅了瞅，坚定地喊了声 :“奶奶——”

像一声惊雷，炸开了。一屋子人，哄堂大笑。我看到，我的那位女同学，刚刚还红光满面的脸，此刻紫得跟猪肝一样。我一把拉过儿子，训斥道 :“乱喊什么，这是阿姨！”

儿子一脸委屈 :“我看她就是像奶奶嘛，你看她脸上，跟我奶奶一样，长着皱皱。”他说的皱皱，就是皱纹。我的这位女同学，热衷于美容、拉皮，脸上被各种化妆品腐蚀过，难免留下一些痕迹。可是，怎么着也不至于升级到奶奶辈啊。这个小东西，看走了眼，还要乱喊一气，丢人不说，还严重伤害了一位爱美心切的阿姨。整个聚会，我再也没看到那位女同学的笑脸。

聚会之后，我严厉地警告儿子，让他今后不准再乱喊人了。儿子泪眼婆娑地看着我，不知道自己犯了什么错。与一个五岁大的孩子，也没法解释。

今年暑假，儿子经常到我单位。眨眼之间，他已经长成一个英俊少年了。

单位的女同事，都极力夸赞我儿子，说他不但长得帅气，阳光，嘴巴还很甜。我问儿子，他是怎么和我们单位那些大婶大娘打成一片的。儿子笑笑："简单啊。看到长得像奶奶的，我就喊她阿姨；长得像阿姨的，我就喊她姐姐。她们就开心得不得了了，就这么简单。"

这孩子，是什么时候学会这一招的？他那张稚气的脸上，露出一股坏坏的笑。

忽然发现，儿子就这样长大了。他已经开始尝试着使用一种武器——世故了。

孩子，希望和你一起分享人生记忆

他是一位继父。

儿子十五岁了，正是最调皮、最顽逆、最不听话的年纪。突然来到一个新家庭，儿子处处表现出不配合的姿态：让他往东，他偏要朝西；喊他一家人一起看一会儿电视，聊聊天，放松一下，他声称没兴趣，要看书；就连吃饭，他都故意拖延时间，经常以作业还没有做完为借口，不肯上饭桌。他心里很清楚，这是孩子不接受他，不愿意和他待在一起呢。

她心疼地安慰他，等孩子大一点儿，懂事了，也许就好了。

他摇摇头，他不想等。

儿子喜欢踢足球。小区里有一片开阔的草地，儿子经常一个人去那儿练练脚。儿子在这个新小区，还没有一个认识的同龄人，没有同学，也没有朋友，一个人孤单地在草地上奔来跑去。他出现在了草地上。儿子的球飞了过来，滚落到他身边，他抬起脚，将球准确地踢了回去。儿子看见了他。他示意儿子将球再踢过来。儿子瞄了他一眼，脚带着球，却独自跑向草地的另一角。他苦笑，追过去，试图和儿子抢球。儿子不耐烦地又带球跑向草地的另一角。他跟在后面一边跑，一边说："我陪你练练吧。""不需要！"儿子断然拒绝道。他还是执着地跟在儿子的后面奔跑。他抢到球了。儿子扑过来，一个横扫腿，没扫着球，却重重地踢在了他的小腿肚上。他痛得跌坐在地。儿子扭头看看他。他以为儿子会伸手拉他一把，没想到，儿子却抱起球，径直回家去了。他一瘸一拐地跟在后面。他的腿肿了好多天，她大骂儿子，他替儿子辩解，说是自己不小心。其实，他心里清楚得很，儿子是故意踢他的。

儿子向妈妈提出想学游泳。这正是他的强项，小时候，他就是在水塘中泡大的。他主动对儿子说："我来教你吧。"儿子不屑地说："那我不学了。"没办法，他为儿子在培训学校报了名。星期天，在他的极力游说下，一家三口去郊游。天气太热，一家人累得汗流浃背。附近有条小河，他对儿子说："我们下去游泳吧，正好看看你学得怎么样了。"儿子犹疑了一下，脱了衣服，跳进小河里。他也跳下了水。儿子已经学会了狗刨式，扑通扑通地扑打着水。他想乘机教儿子几招，儿子却甩下他，向河中间游去。突然，儿子一声惊叫，水花四溅的水面上，只露出儿子忽隐忽现的脑袋和双手。他意识到，儿子可能是腿抽筋了。他奋力向儿子游去。她急得在岸上直跺脚，大喊“救命！”他抓住了儿子的一只胳膊。儿子一把抱住他的脖子，拼命地挣扎。儿子很胖，很重，加上不停地挣扎，两个人扭抱在一起，向水下沉去。他的脖子被儿子勒住，透不过气来，连呛了几口水。经验告诉他，这时候最佳的自救办法，就是将儿子打昏，然后将他拖上岸。但他下不了手，即使再危险，他也不想伤害儿子。所幸，儿子挣扎一番后，可能是累了，也可能是惊慌过度，勒住他脖子的手，竟然松开了。他一手托着儿子，一手奋力划水，向岸边游去。他们得救了。

回到家，她嗔怪他，说太危险了。他们进行了一番长谈。她伤感而无奈地对他说：“儿子和你不亲，不愿意和你在一起，这不是你的错，作为继父，你已经做得足够了，你就不要太勉强自己了。”她知道，为了她的儿子，他付出了很多，受了很多委屈，“等他长大吧，长大了，他就能理解了。”她说。

他还是坚定地摇摇头。沉默了一会儿，他跟她讲了一个故事。

有个男孩子，有一个让人羡慕的家庭，爸爸妈妈都很疼他，想要什么玩具，想吃什么好东西，提出的任何物质条件，爸爸都会毫不迟疑地答应他，满足他。爸爸很忙，一年中的大部分时间，都在各地奔波忙碌，很少回家，只是不断地汇钱回来。在所有人看来，这个男孩子的生活很优裕，很幸福。可是，他却没有丝毫的幸福感。

这个男孩子，认识的第一个字，是奶奶教的；上学的第一天，是妈妈送的；游泳是自己泡在水塘里，学会的；第一次放风筝，是和邻居孩子的爸爸一起的；他学会折的第一个纸飞机，是年迈的爷爷和他一起弄的；就连第一次和别的男孩子打架，伤口也是自己包扎的……他有很多玩具，却大都是一个人孤单地在房间里玩，有些玩具，他根本就没玩过就被弄坏了，因为他根本不会玩，没有人教他。

这个男孩子，就这样懵懂地长大，第一次遗精时，他吓得半死，却没有人可以诉说。

后来，这个男孩子的爸爸终于回来了，因为他老了，病了。

长大成人的男孩子，经常会回家去探望父母，他想尽一点儿孝心。可是，让他痛苦不堪的是，和病榻上的父亲他却常常说不上几句话，他实在找不出多少他们曾经有过的共同的经历、共同的感受、共同的记忆，去和他分享。他只是父亲而已。

“那个男孩子，就是我。”他幽幽地说，“儿子不是我亲生的，他直到十几岁才和我们一起，组成了这个新家庭。作为父亲，他的童年和少年，我已经缺失，我不希望他今后的成长道路上，我们依然没有共同的经历和共同的记忆，那样的话，我永远只是一个继父，一个名义上的父亲。而我希望等我们老的时候，孩子能和我们一起分享我们曾经共同经历的人生片段。”

她恍然明白了。她紧紧地抱着他，泪流满面。

孩子的幸福，别来得太容易

儿童节到了，送个什么礼物给孩子，才能让孩子开心，感受到节日的快乐和幸福？朋友大刘为此伤透了脑筋。

送个玩具？孩子的房间里，堆满了各种玩具，电子的、电动的、机械的、绒布的，可谓应有尽有。有的是大刘夫妻送给孩子的，有的是孩子的爷爷奶奶和外公外婆送的，还有朋友们送的。有什么玩具是孩子久盼而不得的？大刘左思右想，还真没有。

那么，给孩子买一件新衣服。这个主意一冒出来，大刘自己都觉得简直太落伍了。你瞅瞅，孩子身上的哪一件衣服，不是新的？光运动鞋就有三四双，帽子就有五六顶。大刘想起自己小的时候，只有过年和换季的时候，才有可能得到一件新衣裳，穿上新衣裳的喜悦，能持续很久很久。可是，现在的孩子，哪个不是衣着光鲜？过年过节，有新衣裳；新学期，有新衣裳；过生日，有新衣裳；换季了，有新衣裳；父母长辈逛街了，看到新款童装，忍不住就给孩子又买回了几件。孩子的衣橱，比大人的还琳琅满目。儿童节给孩子买件新衣裳，这个节日礼物，太拿不出手了。

那就干脆陪孩子去吃一顿大餐吧。大刘记得自己小的时候，洋快餐刚登陆中国不久，能去吃一顿洋快餐，那简直就是大刘一年中最大的愿望。现在，自己的孩子早就吃腻了洋快餐，孩子每年过生日，都是上饭店或西餐店过的，即使平时在家里，妻子也是尽己所能，每天变着花样，给孩子做好吃的，只要孩子喜欢吃的菜，再贵，也会买回来。大刘感慨不已，现在的孩子，什么山珍海味没吃过啊，哪像自己小时候，有鱼吃，有肉吃，就觉得幸福得不得了。

或者，带孩子去游乐场游玩？儿童公园不知道去玩过多少回了，邻近的几个城市的游乐场，也都玩遍了，小小年纪，连香港的迪士尼都去玩过两回了。哪里还有让孩子觉得新鲜、有趣、刺激、难忘的去处呢？

大刘抓耳挠腮，到底也没想出在这个儿童节，送什么礼物和惊喜给孩子好。大刘觉得，现在的孩子，真是掉进蜜罐里了。问题是，掉进蜜罐里的孩子，却难以体会到甜蜜、满足和幸福的滋味了。

与我们大多数人一样，大刘也只是个普通的工薪阶层，家庭算不得特别富裕，但自从孩子出生后，他们就和大多数的我们一样，宁愿自己节衣缩食，省吃俭用，也愿意倾尽所有，把好吃的、好穿的、好玩的，都心甘情愿地奉献给孩子。只要孩子有任何愿望，他们都会想尽办法予以满足，尤其是家中的老人们，更是把大刘这个唯一的孩子当作心肝宝贝，生怕委屈了他。他们的心愿其实很简单，就是希望孩子能够快乐一点儿，幸福一点儿。

偏偏孩子的幸福感，不但没有提升，反而越来越弱化了。大刘很纳闷，照理孩子该有的都有了，能有的都有了，想有的也都有了，应该无比幸福才对啊，他怎么会觉察、体会、领略不到这种幸福呢?

与很多类似的情形一样，孩子的问题，往往并不是出在孩子身上。当孩子的幸福来得太容易的时候，他的幸福感反而会变得迟钝、麻木，甚至慢慢消失。因而，让孩子能够细微地体会到幸福感的最简单易行的办法，就是适度地满足，有条件地满足。

越是幸福来得不是那么容易，也不是那么快，就越是让人充满期待，无限神往，尤其是当这种幸福是通过自己的付出获得的时候。成人是这样，孩子也是这样。明白了这个道理，我们就不会一味地娇纵孩子，也不会无原则、无休止地满足孩子，这恰恰是帮助孩子，使他不失童心，在期待中体会到幸福的脚步是怎样一步步走近自己的。这种来之不易的幸福感，不但可以细细品味，而且会让他懂得珍惜和感恩。

孩子在心里和你说的话

孩子又犯错了。父母怒气冲冲地问："下次还敢不敢这样做了？"

有的孩子摇摇头。

有的孩子怯怯地回答："不敢了。"

还有的孩子，低着头，不吭声。

这是你看到的，或听到的。这也只是你看到的，或听到的。但不是全部。其实无论是摇头，还是回答不敢的，或者是一声不吭的，都可能只是孩子一部分的情绪表达。他的心里，或许正在嘀咕着什么。那是你没有听到的部分。那部分，恰恰是孩子最真实的想法和感受。

他也许正在说："我并没有错。"

也可能他在说："我为什么非得听你的？"

他还可能在说："我就是不想按你们的想法去做。"

不要以为，简单的训斥就能让孩子真正认识到自己的问题或错误，粗暴的态度，从来不能从根本上解决问题。很多时候，孩子是迫于家长的权威而低头认错，在他的内心深处，也许有另一个完全不同的解释和态度，但他没有说出来。可能是他不敢说，可能是他认为说了你也不会认同，也可能是你根本就没给他机会说。

很多父母苦于自己的孩子，总是嘴上说一套，做的却是另一套。不是我们的孩子有多狡黠，只是他说出来的，未必是真心话，而他实际做的，反倒正是基于他内心的真实想法。只是他真实的想法没有说出来，而你，也没有听到。

父母说："我们对你这么好，什么家务活都不让你做，就希望你能好好读书，你为什么就不能体谅我们的一片苦心呢？"

孩子嘴上说："我知道了。"他心里可能在说："好什么好，整天就知道逼我看书做作业，活着一点儿乐趣都没有。"

父母说："你怎么这么不听话，你看看隔壁老章家的女儿，多乖，多懂事。"

孩子嘴上什么也没说，心里却在愤愤地说："那你们领她回来做你们的孩子好了。"

父母说："你不好好学习，长大了一点儿出息也没有。"

孩子点点头，好像很认同的样子，但他心里却在说："光知道讲我，你们自己为什么整天不是打麻将，就是看电视、玩电脑，你们自己不思进取，凭什么要求我努力？"

天下没有父母不希望自己的孩子，懂事一点儿，优秀一点儿，父母苦口婆心地向孩子灌输这些，可惜，很多时候并没有多少实际的效果。为什么？因为孩子可能压根就没听进去，或者完全不认同你的观点。了解孩子的真实想法，不能只靠听他说出了什么，听一听他没有说出来的，了解他内心最真实的想法，你才能和孩子有效地沟通，从而达到教育的目的。

曾经看到一个资料，梳理了孩子藏在心里的那些话——

妈妈好像不喜欢我，我得努力做好讨她的欢心。

爸爸妈妈总想让我多学点儿，我一点儿也不愿意，但没有办法。

他越让我干什么，我偏不干什么，气死他。

我觉得爸爸妈妈更爱别人的孩子。

真烦她的唠叨，自己待着倒舒服。

妈妈一不高兴，我就紧张，不知是我哪儿做错了……

这些都是孩子藏在心里的话，也可能是在你责骂孩子时，孩子心里对你说过的话，而你没有听到。你没能听到，又怎么能了解他呢？你不了解他，又怎么能和他沟通呢？无法沟通，又怎么能够对症下药呢？

在你愤怒时，在你生气时，在你无奈时，在你抓狂时，别急躁，先让自己冷静下来，倾心听一听孩子的内心吧。

也许，孩子那些在心里嘀咕的话，很刺耳，很难接受，但别忘了，那是他最真实的声音，也是他最坦荡的内心世界。只有听到他心里想说的话，只有走进他的内心世界，你才能真正了解他，找到问题的症结。

再乱的一团麻，都会有一个绳头。在亲子教育上，这个绳头，往往就是孩子在心里和你说过的那些话。这些话，你应该听到，也必须听到。

将足球放点儿气

他抱着足球，和孩子们一起来到了操场上。说是操场，其实就是村前一块稍微平坦一点儿的晒谷场。

孩子们都很兴奋，这是他们第一次正儿八经上体育课，也是第一次踢足球。多么漂亮的足球啊，跟电视里看到的一模一样。

孩子们站成一排，他打量了一下孩子们脚上的鞋。昨天他就通知孩子们今天将上体育课，踢足球，希望他们不要像以前那样赤脚，要穿上结实一点儿的鞋。四五个孩子穿的是布鞋，还有一个孩子竟然穿的是凉鞋，只有两个孩子穿的是旅游鞋，鞋帮都破了。他意识到，这恐怕已经是他们最好的鞋了。低头看看自己脚上的足球鞋，在孩子们破旧混杂的鞋子中，显得特别扎眼，他忽然感到脸上有点儿发烫。

他问孩子们："谁踢过足球？" 大家你看看我，我看看你，都摇头。忽然，一个男孩子轻轻抬了抬手。"你踢过足球吗？" 他问男孩子。男孩子小声地说，去年暑假，打工的爸爸带他去城里，几个孩子在路边的草坪上踢足球，球飞到了他身边，他帮他们将球捡起来，扔了回去。"这也算踢过球吗？" 孩子们窃窃地笑起来。

他没有笑，摸摸男孩子的头说道："至少算是接触过。" 转身对孩子们说，"我先教你们几个基本要求。" 怎么传球，怎么带球，怎么射门，他简单地讲解示范了一下。孩子们跃跃欲试。

还需要一个球门。几个男孩子搬来了两块石头，往操场尽头一放，就算是球门了。

他将孩子们分成两组，把球扔给他们。

白色的足球，在黄泥巴的操场上滚动着，干净而耀眼。孩子们一窝蜂追向足球。

他站在一边，观看。这是世界上最混乱的比赛了。没有裁判，没有章法，也没有规则，但是，孩子们踢得无比认真，无比卖力。

一个男孩子摔倒了，眼皮眨也没眨，便爬了起来，奔向足球；两个男孩子撞到一起，各自揉揉头，继续奔跑；球蹦跳了几下，滚到了穿着凉鞋的男孩身边，男孩激动地用脚去拦球，球不听话地溜向一边，男孩追过去，脚下一滑，差点儿摔倒，他稳了稳身体，然后，抬起脚，向球踢去。"砰！" 一声，球继续在地上弹跳滚动，男孩的一只凉鞋，斜着飞向空中。

场边观看的女孩子笑岔了气，不知道什么时候围过来的村里的几条狗，也“汪汪”地对着白色的足球叫着。

还没有哪一方，将球踢进石头门，比赛继续进行。操场上，尘土飞扬，远处山尖上的夕阳，也迟迟不肯落下。

他的手机，忽然响了起来，是他的大学同学打来的。他们约好明天进山来看他。他们问他需要什么。他想了想，告诉他们，除了文具，记得帮他将他的球鞋都带来，还有大家不穿的球鞋，也洗干净了一起带过来，最好再带几只足球过来。

挂电话之前，又突然想起了什么，叮嘱同学：“带来的足球，气一定不要打足，将气放掉一点儿。”同学疑惑地问为什么。他轻声说：“这里的孩子别说穿足球鞋了，平时很多孩子上学都是赤着脚，或者穿着凉拖鞋的。如果足球气太足，会弄伤他们的。”

放下电话，他跑进操场。孩子们看见他也参加了，欢呼雀跃。有个孩子问：“老师，你算哪个队的？”他笑着说：“只要将球踢进球门，就算是我们大家的。”

夕阳将他们的影子，拉得很长很长，十几个长长的影子，追着一只干净、耀眼的白色足球，在操场上混乱而欢快地奔跑着。

开哪边的门

坐高铁自京返杭，六个小时的车程，闷而无聊，所以，每到车站，我都尽量下车，透一口气。

高铁的车门，是对称的，左右两侧都有门，有时开左侧门，有时又开右侧门。因为大多站只停一两分钟，所以，我必须准确判断是开哪侧门，以便能迅速下车，呼吸一口车外的新鲜空气。

很快我就注意到了一个十一二岁的少年，与我一样，每到一个车站，他也都会提前来到车门口，左右张望，似乎也是在判断，这一次，会打开哪侧的车门，然后，果断地站在某一侧。我发现，每一次他的判断都准确无误。但他不下车，而是在车门打开时，快速地闪到一旁，以方便别人上下车，好像他就是为了检验他的判断是不是正确的。每一次，当他预测的车门真的打开时，少年都会拽紧拳头，脸上露出小小的得意的神情。

我对这少年充满了好奇和好感，试图和他说说话，但他总是避免与我的目光对视，一副不愿意被打扰的样子，所以，几次话到嘴边，又咽了回去。

火车继续向南疾驶。车上的人，有的打盹，有的玩手机，有的发呆，有的闲聊，而那个少年似乎一直在等待火车到站，以判断哪侧门会打开。我想，这也算是无聊的旅途中，一种有意思的打发方式吧。

车又要到站了。我走到车门边。少年也来到车门的过道边，但这一次，他的肩上，多了一个背包，看样子，他是到站了。他的身后，跟着一对中年男女，拖着沉重的行李箱，像是他的父母。

少年左右看了看，径直走到右侧车门，对身后的中年男女说："开这边的门，你们把行李搬过来吧。"

中年男人探头看了看车窗外，不耐烦地说："你怎么知道会开这侧门？不要总是这么武断，我最讨厌自作聪明的人。"

少年挨了训，低下了头。中年男人把行李拖到左侧车门。中年女人跟了过去。少年却固执地站在右侧车门边。我想告诉男人，这孩子，一路上都在留意车到站时，会开哪侧门，所以，才会做出这样的判断。但我终于没有说出口。我相信少年的判断是正确的，所以，我选择站在了少年的身后。

车进站了。没想到，万万没想到，这一次，最终打开的竟然是左侧车门。

少年判断错了！

中年男人一边拖着行李下车，一边大声呵斥少年："还不快点儿下车！跟你说了多少次了，不要自作聪明，不要自以为是，你就是不听。"

少年默不作声地走到左侧车门，垂头丧气地下车，不甘地回头看了一眼车门。

"快一点儿，磨蹭什么！"中年男人一边整理行李，一边生气地对少年说，"你看看你，都这么大了，为什么就不能成熟一点儿，稳重一点儿，真是让我操碎了心……"

中年男人拖着行李往前走，一边不停地训斥少年。我不知道，这么一件小事情，少年的爸爸为什么看起来这么生气。

他们的背影，渐行渐远。我看见背着背包的少年，悻悻地低垂着头，显得矮了很多。

我真想赶过去，对那位爸爸说一声："我不知道为什么偏偏这一次，孩子的判断失误了。其实，开哪边的门，真的不重要，孩子有没有判断正确，也真的不重要。重要的是，你是指引他，循循善诱地为他打开一扇门，还是简单粗暴地关上一扇门。"

在孩子懵懵懂懂的成长过程中，多打开一扇门，就是为他的人生多打开一条通道。反之，很可能让他就此永远地失去一个方向。

爱哭也是特长?

不爱学习，不做作业，成绩很差，一直是班级倒数前三名。

懒惰，爱睡懒觉，连自己的手绢和袜子都不肯洗，书包永远乱得跟鸟窝似的。

爱顶嘴，大人说什么，她都会不服气地狡辩，顶嘴，耍脾气。

还会说谎，小小年纪，讲起假话来，跟真话一样。

有时还会偷拿父母钱包里的零钱，然后偷偷跑进黑网吧。

最要命的是，她根本就不想好，这么小，就有点儿破罐子破摔的味道……

十几分钟过去了，这位妈妈的口中，全是孩子的缺点，没有一个优点。看得出，对自己的女儿，这位妈妈真是心力交瘁，苦不堪言。眼看一场家长心理咨询会，全变成妈妈的倒苦水会了，心理老师再次打断这位妈妈的话，问她：“你的孩子有什么特长？”

特长？妈妈皱着眉头。学习？一塌糊涂。唱歌？孩子倒是喜欢哼哼唱唱，但老是跑调，没一首歌能唱完整。书法？孩子的字写得很难看。跳舞？她连路都不肯好好走。弹琴？幼儿园的时候，是逼她上了几堂音乐课，可她根本没那个细胞，只会乱弹琴。妈妈无奈地摇摇头，她是真想不出来，这孩子身上，有什么特长。

老师想了想，问这位妈妈：“那么，孩子有没有什么特点？”

“爱哭。”妈妈脱口而出。

老师继续启发妈妈：“怎么个爱哭法？”

妈妈的话匣子，打开了：“星期天带孩子去公园玩，看见一只小猴子被别的猴子咬伤了，一瘸一拐地走路，孩子会心疼得直掉眼泪；过天桥时，看见跪在地上乞讨的老人，衣衫褴褛，勾腰驼背，一脸苦楚的样子，孩子会眼含热泪，而且，一定会跑过去，将自己身上的零钱都塞给老人；看电视时，只要看到伤感的故事，总是泪流满面，所以，我总是在茶几上事先放一盒餐巾纸。”妈妈有点儿不好意思地补充说，“这孩子太爱哭鼻子了，一丁点儿大的小事，都可能惹得她大哭不止，但奇怪的是，哪怕是犯了错误，挨了一顿打，她也从不会哭泣。”

老师笑了：“这说明，你的孩子心地很善良，情感很丰富，是个多愁善感有爱心的孩子。这是孩子最大的特点，也是她身上最大的优点啊。”

在心理老师的建议下，班里专门组建了一个爱心义工小组，并让这个孩子当组长。

这个毛病一大堆、对集体活动也从来不关心的孩子，骤然发生了显著的变化。爱心义工小组组织学生去陪空巢老人聊天时，有的孩子嫌老爷爷老奶奶太唠叨，不自觉地流露出不耐烦的神情，唯有这个小姑娘，会用崇拜的眼神看着老人，一直不厌其烦地听老人讲话，陪老人唠嗑，老人们都很喜欢这个小姑娘。学校附近，有个流浪动物收养中心，爱心义工小组每隔一段时间，都会去中心帮帮忙，有的孩子或者害怕动物，或者嫌动物太脏，显得扭扭捏捏。但这个小姑娘，却一点儿也不嫌弃，亲自喂小动物吃东西，照顾生病的小动物，小姑娘成了收养中心的小动物们最喜欢的人……

而更大的变化，是孩子自身的变化。一向不爱学习的小姑娘，上课不乱讲话了，作业都能按时上交了，和同学的相处变融洽了，也很少和父母顶嘴了，妈妈生日那天，孩子还亲手为妈妈做了一碗面条，虽然面条煮得太熟了。

一个几乎被认为一无是处的问题孩子，就这样彻底改变了。孩子的妈妈，露出了久违的笑容。

从一个缺点很多的孩子身上，寻找特点、优点、亮点，往往很难，就像我们往往会有意无意地忽视一个优点很多的孩子身上的缺点一样。其实，孩子在成长的过程中，都会不可避免地有这样那样的缺点和不足，同样，每一个孩子，也一定有自己的特长、自己的优势、自己的长项，发现它们，循循善诱，孩子们就一定会成为花蕾，并且一定会在自己的天空，粲然绽放。

学会修理错误

很晚了，儿子才背着书包，姗姗回家。

我问他今天回家怎么这么迟。儿子挠挠头皮，不作声。看样子，很可能又是在学校犯了错，被老师留下了。这小子，越来越调皮了，隔三岔五，我们就会因为他的错误，而被老师喊到学校去。有一次，学校运动会上，因为支持不同的队员，他和另一个班的男生扭打起来，把人家的衣服给扯破了，我们赔了人家新衣服，向对方家长道了歉。还有一次，他在同桌女生的书包里，放了只玩具老鼠，女生打开书包拿书时竟然摸出一只老鼠，吓得一声尖叫，身体往后一仰，跌倒在地，擦破了头皮，我们又上门向女生的父母赔不是……恶作剧、打架、损坏物品，儿子三天两头就捅个什么娄子来，我们只好一次次代他向人家赔礼、道歉、赔偿。每次接到班主任的电话，我都会头皮发麻，不用说，孩子又犯错了。可是，今天，并没有接到儿子老师的电话啊。

吃晚饭时，忽然发现，儿子的左手上，有一道伤口，血迹未干。看来，他有事隐瞒了。我厉声责问他："是不是又在学校和人打架了？"

儿子把手往后缩了缩，怯怯地回答："没啊。"

"没？没打架手怎么受伤了？"

儿子低下了头，半晌，小声说："我把老师的新椅子弄坏了。"

果然又在学校淘气了，这孩子，咋就不肯让我们省一点儿心呢。问他经过，儿子说，今天老师搬了张新椅子到教室，是电脑椅，能转动的。课间休息时，他和几个男同学好奇，就上去坐了坐。几个人抢着坐，一齐压了上去，不小心就把椅脚给压折了。

我努力压住往上蹿的怒气，问他："那需要赔多少钱？"

儿子抬起头，轻声说："不用赔钱了，我已经自己处理好了。"

自己处理好了？我看看儿子，有点儿不相信自己的耳朵，他哪次在学校犯了错不是我们帮他摆平的？问他："是不是用自己的零花钱赔了？"

儿子说："不是。是这样的，我们把老师的新椅子弄坏了之后，等待老师批评，然后给你们打电话，赔钱。老师看了看损坏的新椅子，却对我们说：'损坏公物要赔偿，不过，如果你们能够自己修理好，就不需要赔偿了。'

“另外两个同学表示愿意赔钱，但我觉得，椅子只是脚折了，可以修好。而且，我不想再因为我的错误‘惊动’你们了。”

“原来是这样。那后来呢？”我迫不及待地问儿子。

儿子告诉我，他说服了另外两个同学，一起把老师的椅子修好。放学之后，他们从总务处借来了扳子、锤子等工具，几个人乒乒乓乓修了半个多小时，终于把椅子修好了，除了一点儿点儿折痕，几乎看不出损坏的痕迹。老师很满意，还表扬了他们呢。

“那你手上的伤？”我疑惑地看着儿子。

儿子有点儿不好意思：“第一次拿扳子，不怎么会使，不小心砸到手上了，所以，留下了个小伤口。”

“痛吗？”

“不痛！”儿子挺了挺胸脯，自豪地说。儿子的声音粗粗的，他已经开始变声了。我摸摸儿子的头，他修好了老师的椅子，也学会了修理自己的错误。他开始长大了。

留尾巴

饭后。孩子放下饭碗，开始玩手机。妈妈摇摇头，对孩子说：“你可不可以洗下碗？”

孩子头也不抬：“为什么又要我洗碗？”

妈妈说：“爸爸妈妈上班忙了一天，下班回来后，我烧饭，爸爸拖地，而你什么也没做。你这么大了，应该分担一点儿家务了。”

孩子不情愿地嘟囔道：“洗就洗。”放下手机，冲进厨房。只听到一阵乒乒乓乓和稀里哗啦的声音。

妈妈和爸爸，会心一笑。

一会儿，孩子甩着湿漉漉的双手，走出了厨房。“洗好了。”孩子说完，头也不回，握着手机，径自走进自己的房间。

妈妈在孩子身后赞许地说道：“你真能干。”

随后，妈妈走进了厨房，爸爸也跟了进来。

厨房一片狼藉。厨台上，碗碟摆得到处都是，好几只碟子上，还粘着菜叶子，与其说是洗过了，不如说是在水龙头下面冲了冲。筷子也是横七竖八地散落一地。到处都是溅落的水珠。水池里，垃圾把出水口都堵牢了。

爸爸直摇头："这也叫洗碗？碗碟根本就没洗干净，更没有收拾。不行，得把孩子喊回来，重新洗。"

妈妈却说："现在的孩子，吃过饭还肯洗洗碗，已经很不错了。"

爸爸问："那这些碗就这样了吗？"

妈妈摇摇头："当然不行。"拿起一只碗，"你看看，碗里面还有饭粒。"又拿起一只碟子，用手摸了摸，油腻腻的。妈妈一边说一边拿起洗碗布，将所有的碗碟全部重新泡进水池里，一只一只再洗一遍。

爸爸站在一边，说道："我觉得还是该把孩子喊回来，让他自己重新洗一遍，直到洗干净，至少让他看看你是怎么洗碗的。"

妈妈笑着说："我根本就没指望他把碗洗干净，只要他肯洗碗，就是懂得分担了。在这之前，孩子也洗过好几次碗了，哪一次不是我一只只重新洗的？只是最好不要让孩子知道你帮他重新洗过了。据说，天底下的妈妈都是这样做的。我在报纸上看到过一篇文章讲，这就是教育呢。"

妈妈很快将厨房收拾得干干净净、整整洁洁。爸爸无奈地摇摇头。

若干年后的一天。

我走出家门的时候，才发现，又忘带钥匙了。

报表交给领导后，忽然想起来，合计那一栏都没填。

去街头的柜员机取完钱，走到半道上，一摸口袋，糟了，银行卡又忘拔了，幸亏卡里没多少余额了。

下班的时候，我忘记关电脑了，也忘记关灯和空调了，好像门也是开着的。也许，别的办公室什么人发现了，会帮忙关一下？

今天的事情真是太多了，就像以往一样，这两件就留着明天做吧……

我不敢确定，这些事情和我小时候洗碗有没有关系，但有一点却是可以肯定的，如果我晾了被子，妈妈总会在下雨之前，将被子收回家，即使今天我自己也做了很多年的爸爸，依然是这样。没错，妈妈永远是我最坚强的后盾，也总是像扫把一样，无怨无悔地帮我把身后的一地鸡毛扫干净。

可是，可是，我忘了，妈妈已经离开我很久了。我该怎么办呢？

妈妈，我一个人能行的

妈妈看了儿子一眼，不放心地问："儿子，真的不要请一位阿姨来照顾你吗？"儿子咧开嘴，挤出一丝笑容，说道："不需要，真的不需要。妈妈，你放心地去忙吧，我只是脚崴伤了而已，又不是什么大毛病，我一个人能行的，再说，医生和护士阿姨会照顾我的。"

妈妈将儿子的床单理好，病床太小了，床单老是往下滑，又看了一眼儿子腿上绑着的绷带。上体育课时，儿子不小心崴了脚，所幸没有伤着骨头。下午接到老师电话时，正忙得焦头烂额的妈妈，赶紧放下手头的活儿，赶到了医院。医生说，物理治疗几天，再拍个片子，如果没有大碍的话，就可以回家调养了。医生还说，孩子正在成长期，物理治疗预后比较好，不会留下后遗症，就是孩子会疼一点儿，得忍耐忍耐。让妈妈自豪的是，在她面前，儿子没有因为疼痛而哭泣，甚至连哼哼都没有，儿子真是太懂事了。

没错，这个孩子，让她太省心了。丈夫常年在外地工作，平时都是她一个人照顾孩子。而她的生意又特别好，因而就特别忙碌，应酬也很多。为了照顾儿子，她想请一位全职保姆，这样，孩子放学回家，就有热饭热菜吃，她也可以安心地做自己的生意了。以她现在的经济条件，这完全没有任何问题。可是，儿子却坚决不答应。儿子说了，他可以照顾好自己。他说到做到，五岁时，他就能自己泡方便面了；七岁时，就能自己下面条了；八岁时，他就学会烧饭做菜了。有一次，丈夫出差路过，顺便回家，那顿饭还是儿子烧的，而她本来是想一家人去饭店吃一顿的，她实在没时间回家去做饭。现在的孩子，大多娇生惯养，和她条件差不多人家的孩子，别说烧饭了，连喝的水，都是父母端到面前的。有时候，她自己都不敢相信，儿子怎么会这么懂事，这么听话，这么能干。

因为家中没有保姆，儿子一个人在家，她多少还是有些不放心，因此在外面应酬的时候，陪客户一吃完晚饭，她就会尽快赶回家。她知道，回家太迟了，儿子就已经做好作业，睡着了，而第二天一早，儿子就会自己起床，弄好早饭，赶去上学了。那样的话，她一天就连儿子一眼也见不着。儿子越懂事，她就越觉得自己这个做妈的，太不称职了。她会尽可能早一点儿回家，陪陪儿子。

告别儿子，离开医院，她赶紧驱车奔回客户的单位，合作项目才谈到一半呢。晚饭本来准备买好饭菜，到医院和儿子一起吃的，无奈另一个大客户坚持要求一起吃个饭，再将合同细化一下，她只好答应。吃过晚饭，大客户又提出去唱唱歌，庆祝庆祝，她只好实话实说："儿子脚崴伤了，还在医院住着呢。"这才得以脱身。

等她赶到医院，已经快晚上十点了。病床的灯，已经熄了。听到她的脚步声，儿子睁开了眼睛。她心疼地问儿子："晚饭有没有吃？"儿子点点头，指指隔壁病床说："他家阿姨帮我带的饭菜，很好吃。"她轻轻地抚摩儿子的腿，问："脚还痛吗？痛得太厉害的话，你就哼哼，会好过一些的。"儿子摇摇头："不痛，一点儿也不痛，你放心吧。"

陪儿子聊了一会儿，儿子让她回家去休息。她坚决地摇摇头："不行，今晚妈妈必须在医院陪你，等一会儿妈妈去租个躺椅。"儿子突然一把抓住她的手，说道："妈妈，你真好。"她的心一揪："儿子，你为什么这么懂事啊，你受伤了，妈妈陪伴你，不是天经地义的事吗？"

儿子睡了。她蹑手蹑脚走到走廊上。邻床的女陪护也在走廊上坐着。两个女人聊了起来。

女陪护告诉她："你儿子真懂事。"

她幸福地点点头："谢谢你晚上帮他打了饭菜。"

女陪护问她："你平时很忙吧？"

她点点头："没办法，生意难做啊，不得不四处打拼，孩子爸爸和家人又都不在身边。"

女陪护又问她："那怎么不给孩子请一个陪护，孩子一个人，多孤单啊？”

她笑着摇摇头：“是儿子坚决不肯请陪护啊。”

女陪护扭头看看她：“傍晚的时候，你儿子的老师和几个同学来看望他了。”她欣慰地点点头。女陪护接着说：“我听到老师问你儿子：‘妈妈怎么没陪着你？’你儿子回答：‘妈妈事情很多，不过，妈妈一忙完就会来照顾我的。’老师又问你儿子：‘那妈妈怎么没给你请一个陪护？’”

她着急地问：“那我儿子怎么回答的？”

女陪护看了一眼关着门的病房，轻声对她说：“你儿子停顿了好一会儿才回答老师，他说：‘如果请了陪护，妈妈就会只顾着自己忙，她就不会到医院来陪伴我了。’”

她的眼泪夺眶而出。她没有想到，儿子之所以不肯请陪护，原来是这个原因。她猛然意识到，平时儿子坚决不让她请保姆，肯定也是出于这个原因。他宁愿自己照顾自己，就是为了让妈妈能够在忙完之后，因为不放心，而早一点儿回家，陪伴一下自己。

她揉了揉眼睛。她想好了，明天关机，放下一切，安心地在医院陪伴儿子。

你的强项怎么反成了孩子的短板

一位作者找到我，诉说他的烦恼。

以为他是遇到了写作瓶颈，他连连摇头。“不是我的问题，是孩子的。孩子明年就要中考了，别的成绩都不错，就是语文特别差，尤其是作文。那简直不是作文，而全是胡言乱语。”他懊丧地说。

他本人是我们地区的一位知名作家，散文写得特别美。我笑着说：“写作不正是你的强项吗？你可以亲自教教他啊。”

他重重地叹了一口气：“我是一直在教他，老师布置他写的作文，我一篇篇地读，给他提出我的建议，有时还亲自帮他修改，此外，我还每周都给他布置几个作文题，让他练笔。可是……”他再次长叹一口气，“他对我的建议根本不屑一顾，越写越差，越改越不成样子，简直不可教也。”他无奈地摇摇头。

他还带了几篇孩子的作文，让我看看。我粗读了一下，说实话，写得确实不咋样，拖泥带水，不得要领，但其中也偶尔会冒出一两个亮点。作文纸上，红笔批注特别醒目，全是很严厉的批评，很多地方，打着红红的“×”。

我问他：“这些都是你批改的吗？”他点点头。

我说：“你批改的地方，都很专业，但问题在于，你是以你的标准来要求一个孩子，而且，你看看，全是批评，没有鼓励，更没有表扬，这对孩子来说不公平，他达不到你的标准和要求，这会让他产生严重的挫败感，从而对作文慢慢失去信心，对你的辅导产生抵触情绪。”

他点点头说：“孩子现在确实有明显的抵触情绪，对作文生厌，越来越没有兴趣，甚至曾经一度令他自豪的爸爸的作家身份，也让他反感了。”他摇头叹息，“真不知道接下来该怎么办了。”

我给他总结了一句话：正是他的强项，有意无意间抑制、打击了孩子，反使自己的孩子，作文成了短板。

类似的事例很多。

我的儿子曾经跟着一位老师补习数学。那位数学老师是一家重点中学的数学教研组组长，教学经验非常丰富，他带的班级，学生数学成绩普遍优异。儿子跟着他补习了一学期，数学成绩就突飞猛进，效果出奇的好。他的教学，真的很有一套。然而，让人完全意想不到的是，他自己的女儿，数学成绩却一点儿也不好，而他，对此竟毫无办法，一筹莫展。

是女儿天资不行吗？不是。是父亲没有花心思在自己女儿的学习上吗？也不是。据说，这位数学老师在家里将一半多的时间都耗在了女儿的数学辅导上。这位一向对学生非常耐心的数学老师，在辅导自己的女儿时，突然像变了一个人，完全没有耐心，他经常气急败坏地挂在嘴上的一句话是："这么简单的问题，为什么我说了这么多遍，你还是弄不明白？而在班里，我只说一遍，我的学生就大多能够理解了。"

女儿没有明白，她不明白的只是一道道数学问题；这位父亲也没有明白，他不明白的是，为什么他能带出那么多好学生，偏偏教不好自己的女儿。

我的一位亲戚，是个非常能干的家庭主妇，雷厉风行，眼疾手快，家里永远整洁有序，井井有条。她的菜也烧得特别好吃，里里外外的家务活都是她一手操办。她有一个已经读大学的女儿，可奇怪的是，这样的母亲培养出来的女儿，竟然动手能力特别差，按亲戚的话就是，连个碗都洗不干净，连自己的内衣都不会洗。听说亲戚送女儿去外地的大学上学时，桌子是她抹的，床是她铺的，所有的日用品，都是她一件件帮女儿买好的。现在，每年放寒暑假，女儿一定会带回来几大包行李，是她积攒了一个学期的脏衣服，带回来让妈妈洗的。

不是说有其母必有其女吗？怎么这么勤快能干的妈妈，带出来的女儿这么懒惰无能呢？

有一次，亲戚来我们家吃饭。饭后，我收拾餐桌，洗碗。亲戚见我洗碗的样子，干脆把袖子一卷，说："你这哪像是干家务活儿的样子啊，算了，还是我来帮你洗吧。”一阵锅碗瓢盆交响曲响起来，不一会儿，厨房就被收拾得干干净净了。

从那以后，这位亲戚只要来我们家做客，都是她帮我们洗碗，收拾厨房，除了她勤快的天性，还因为，她实在看不下去我们手忙脚乱的笨拙样子吧。

忽然明白，她的女儿为什么那么“无能”了，因为，她有一个太能干，而又特别喜欢亲力亲为的妈妈啊。也恍然意识到，为什么一个作家的孩子，偏偏写不好作文；一个数学老师，偏偏教不好自己的女儿。

不是因为你强了，孩子就必然弱。但是，如果你因为自己的“强”而看不到孩子的亮点，或者压根就没有给孩子学习和磨炼的机会，孩子就永远也不会自立和进步，于是，你的“强”很不幸地造成了孩子的“弱”。

伞，可以遮风挡雨，伞亦可能阻挡住汲取生命能源的阳光。

让孩子懂得“舍”

节日这天，爸爸精心准备了三件礼物，让孩子挑选。

一件礼物是游玩海洋公园，另一件是一双漂亮的新跑鞋，还有一件礼物，是半天的自由时间，想怎么支配就怎么支配。

孩子犹豫不决。海洋公园是孩子一直想去游玩的地方，新跑鞋更是孩子梦寐以求的，至于第三个礼物，完全出乎孩子的意料，竟然可以完全自由地支配半天的时间，这是孩子自打上学以来，想都不敢想的一件事情。孩子当然三样礼物都想要，可是，爸爸有言在先，这个节日，只能得到一件礼物。他必须在三件礼物之间做出取舍。

孩子最终艰难地做出了自己的选择，他得到了一双漂亮的新跑鞋。但这也意味着，这个节日，他不能去公园玩了，也没有自由时间可以看电视、玩电脑了。孩子心甘情愿地回到自己的房间，看书做作业去了。

我很欣赏这位父亲的做法，让孩子自己选择，在得到的同时，学会舍弃。

现在的孩子，得到的东西太多了，只要孩子有什么需求，大多能够得到及时的满足。想吃好吃的，妈妈马上去做；看中了什么新衣裳，爷爷奶奶赶紧去买；去年才买的书包，今年又出了新款，只要努努嘴，外公外婆会立即送上门。父母长辈对孩子的要求很简单：你就乖乖地学习，把成绩搞上去了，想要什么，我们都满足你。

太容易得到的东西，孩子反而不懂得珍惜。有的衣服，才穿过几次，嫌过时了，不好看了，弃之如履；一眼看中的玩具，买回来，没玩几次，厌倦了，随手扔进角落；嫌削铅笔费事，一支铅笔，只用了几次，就不肯再用了，弄得家里到处都是大半截的铅笔。你有没有发现孩子身上的这些小毛病？这都是因为当初得到这一切时，太容易了。

而更大的忧患是，若孩子的要求总能得到轻而易举的满足，久而久之，他的脑袋瓜里，压根就没有了“舍”的概念，认为只要是自己想要的，就理所当然地应该得到。一旦某一次未能得到自己想要的东西，或自己的目的没有实现，他就会抱怨，发牢骚，抗拒，甚至哭闹，直到他的要求得到满足。

孩子不合理的要求，当然不应该得到满足，即使是合理的要求，也不宜全部满足，或无条件地满足。天上会掉馅饼吗？不会。那么，馅饼是哪儿来的？是父母长辈给予的。你想得到这个馅饼，可以，但你必须有所付出，搞好学习是一方面，力所能及地帮助父母做一些家务，把自己的事情处理好，也是一种付出。而且，应该让孩子明白，你要得到这个“馅饼”，就应该学会放弃另一些“馅饼”，有所得，就必须有所舍。

很多孩子都有贪玩的毛病，那就要让孩子知道，你玩的时间多了，就可能要牺牲睡觉休息的时间来弥补，因为你的作业必须完成；沉迷于电视、电脑的诱惑，得到一时的快乐，就可能要面对父母老师的批评和成绩下滑的代价。

没有人什么都能得到，也没有人可以永无止境地获得满足。很多时候，你得到了 A，可能就失去了 B；你今天舍弃了 B，明天反而可能得到了 A。只有懂得舍弃的人，才会得到他真正想得到的东西，也才会珍惜现在所拥有的一切。

一个不懂得舍弃的人，往往很难抓住重点，不知道自己真正需要的是什么，这个也想要，那个也想据为己有，最终反而无所适从，不得要领，甚而两手空空。一个有趣的现象是，每年高考填志愿的时候，在众多的招生学校和专业面前，不少孩子会感到眼花缭乱，茫然无措，只好完全听由父母或老师做主，最后进了自己不了解的学校，选了自己不喜欢的专业，铸成一生的憾事。这其中很大的一个原因便是孩子从小就不懂得取舍，没能在舍和得之间，果断而正确地做出自己的抉择。

舍弃一时之快，是为了终身受益；舍弃眼前的小利，是为了得到长久的累累收获。这个简朴的道理，应该让孩子从小就明白，学会从纷繁的诱惑中，甄别自己真正想得到的和必须坚决舍弃的。

只有舍弃了虚假的、短暂的欢乐，才能得到真正的、持久的快乐。这就是人生。

从问题的制造者，到问题的解决者

儿子垂头丧气地打电话给他，钥匙包丢了。仅仅是钥匙丢了，倒也罢了，麻烦的是，他的钥匙包里，还有学生证、身份证、一张银行卡和一张快餐店的储值卡。

“你怎么这么不小心？这么重要的东西，怎么不保存好，弄丢了呢？”照他以往的脾气，儿子每次犯错，他都是先劈头盖脸一顿骂，但这一次，这些话，他强忍住没骂。他顿了顿，调匀自己的呼吸和心态，问儿子：“在哪儿弄丢的？”

儿子小声地说：“刚才打的回家，估计是下车时忘在出租车上了。”

他叹了口气，十三四岁的孩子了，还老是丢三落四，经常不是忘了这个，就是丢了那个，制造了一次又一次的麻烦。“你记得车牌号吗？”

儿子回答："没注意。"

"那你有没有要发票？"如果有发票，也可以很快找到那辆出租车。

"也没要。"儿子快要哭了，"爸，我钥匙包里，还有那么多重要的东西，如果找不到，我可怎么办啊？"

他想了想，告诉儿子，钥匙包已经丢了，哭不是办法，要想办法解决。

儿子怯怯地问："那我该怎么办呢？你赶紧帮帮我吧。"

以前，儿子遇到问题和麻烦，都是向他求援，虽然免不了挨他一通骂，但骂完之后，他也总是会想尽一切办法帮儿子摆平麻烦，解决问题。也许，这也正是儿子的问题和麻烦层出不穷的原因之一吧。他想，不能再这样下去了，要让他学会自己解决遇到的问题。

他对儿子说："你应该马上做两件事，一件是想办法找到那辆出租车，一件是将银行卡挂失。"

儿子带着哭腔说："我上哪儿找那辆出租车啊？我也不知道怎么挂失银行卡。爸，还是你帮帮我吧，求求你了。"

"不！"他斩钉截铁地对儿子说，"你必须自己去办，但我可以教你怎么去做。"

他告诉儿子："每辆出租车都安装了 GPS 定位系统，你去出租车公司，告诉他们你的钥匙包丢在出租车上了，告诉他们你什么时间从哪儿上车，又什么时间到哪儿下车的，他们就可以通过 GPS 定位，帮你找到那辆出租车。如果司机发现了你丢下的钥匙包，或者后面的乘客捡到并交给了司机，你就可以找回它了。当然，也有可能是被后面的乘客捡到了，又没有交给司机，所以，你接着还应该立即做第二件事，打电话给银行，先把银行卡挂失了。如果最终找不到钥匙包，你还要到派出所去补办身份证，向学校申请补办学生卡。”

“这么麻烦啊！”儿子哭丧着脸说。

“是很麻烦，你以为你每次捅的娄子，我帮你解决时，不都是这么烦琐、麻烦、累人吗？”他对儿子说，“遇到问题不可怕，可怕的是，不知道怎么解决，更可怕的是，永远不是自己去解决，而是让别人来替你擦屁股，解决问题。”

他又详细地告诉儿子，怎么去出租车公司申请，怎么打电话给银行挂失银行卡。然后，又鼓励他：“你一定能够办好的。”

儿子答应，按照他教的办法去试试看。

放下电话，他喝了一大口水，长长地叹了口气。跟儿子讲了这么多，费了这么多时间，如果是他自己去办的话，恐怕都已经办好了。但是，他想，这至少是一个开端，让儿子尝试着自己去解决自己的问题。

他惴惴不安地等待着，不知道儿子又会遇到什么麻烦。

一个小时后，儿子打来了电话，告诉他，他已经找到了出租车公司，说明了情况，公司的人已答应帮他通过 GPS 定位系统找那辆出租车。同时，儿子又告诉他，他已经给银行打过电话了，口头挂失了银行卡。

他表扬了儿子。

又过了半个多小时，儿子再次打来电话，欣喜地告诉他，出租车公司已经找到了那辆出租车，并且已经联系上了司机。幸运的是，他的钥匙包完好无损，是后面的乘客捡到了他落在后排座位上的钥匙包，然后交给了司机。儿子激动地说：“我已经和司机师傅约好了见面地点，我马上赶过去，很快就能拿到我的钥匙包了。”

“好样的！”他叮嘱儿子，“见到司机师傅一定要记得感谢人家。”

儿子的钥匙包，失而复得了，他非常开心。更令他开心的是，这一次，儿子是在他的教导之下，完全通过自己的努力，解决了遭遇的问题。这比什么都重要。

他觉得，儿子在慢慢地长大。这让他深感欣慰。他意识到，孩子难免会遇到这样那样的问题，总是不断地捅娄子、惹麻烦、制造问题，而让孩子学会自己去解决这些麻烦和问题，从问题的制造者，到问题的解决者，这，就是成长。

我没时间

孩子兴奋地跑到妈妈面前说："妈妈，我跟你讲一个故事吧，一个很好玩的故事。"

正在厨房忙碌的妈妈回头看了儿子一眼，说道："我没时间，别捣乱，赶紧回去做作业。"儿子跟她讲过很多故事，可是，在妈妈听来，那都是一些鸡毛蒜皮、不值一提的小事情。如果不是正在忙着，她当然也会偶尔满足一下儿子的愿望，可是，作为家庭主妇，她真是太忙太忙了，哪有时间和闲情，来听一个孩子的破故事呢。

儿子一脸沮丧地回到了自己的房间。

过了一会儿，儿子又颠颠地跑了出来，这一次，他抱着一只新买的足球，找爸爸。

爸爸正在打电话。回到家里后，爸爸的手机也经常响，找他的人总是很多。如果爸爸不是在打电话，就是在看电视，或者坐在电脑面前。

儿子对爸爸说："爸爸，你能陪我下去踢会儿球吗？我已经好多天没踢过球了。"

爸爸扭头看看儿子，一手捂着手机话筒，说："你没看到吗？我在打电话，我没时间，你自己下楼去踢吧。"

儿子不甘心地说："那等你电话打好了，我们再一起下去踢球，好吗？"

爸爸不耐烦了："打完电话我可能就要出门去了，就算不出门，我还有好多好多别的事情要做，我没时间！"

儿子抱着足球，一个人悻悻地出了门，在楼梯上，他飞起一脚将足球踢飞，足球跌跌撞撞地滚下楼去，楼道里响起一阵乒乒乓乓的声音。

若干年后。

年迈的爸爸拿起电话，颤颤巍巍地拨了一串号码，拨错了，又重拨了一遍。

电话终于通了，爸爸还没说话，先咳嗽了好几声，年纪大了，毛病也多了。电话那头先说话了："爸，是你吗？"

爸爸赶紧忍住咳嗽："是我，是我。"

儿子说："你和妈妈身体还好吧？"

爸爸说："好，好，我们都好。"

儿子轻声问："那你给我打电话有什么事吗？"

爸爸说："也没什么事，就是啊，你妈妈今天做了好几个菜，还有你最喜欢吃的红烧狮子头，你回家来吃顿晚饭吧。"

自从升职后，儿子已经好久没回家吃过饭了。

儿子压低了嗓门说：“爸，我正在开会呢。”

爸爸说：“那等你开完会再回来，我们等你。”

儿子急了：“你们先吃吧，开完会，我还要接待几个客户，晚上还有应酬，我真的没时间啊。等我哪天有空了，我一定回家看你和老妈。”

话筒里响起一阵嘈杂的声音，似乎是在催促什么。儿子急切地说：“爸，要没别的事，我就挂电话了啊。”

电话挂了。话筒里传来“嘟嘟”的忙音。爸爸听了好几声，才慢慢地也挂了电话。

一直站在一边的妈妈，愣愣地看着爸爸，怯怯地问：“儿子晚上回来吃饭吗？”

爸爸摇摇头：“他说他没时间。”

妈妈叹了口气：“他怎么老是这么忙，没时间啊。”

爸爸也叹了口气：“不是没有时间，也许是他有更重要的事情要做吧。”

有爱抱怨的父母，就有爱抱怨的孩子

“这个语文老师真讨厌，给我们列了这么多课外书目，想把人累死啊。”小倩回到家，一放下书包，嘴里就不停地抱怨。

小倩是朋友老章的女儿，读初二。在老章看来，这个宝贝女儿什么都好，就是爱抱怨。

小倩的成绩还不错，在班里一般都处于中上游。女儿聪明、好学，这让老章很满意，可是，女儿这个爱抱怨的毛病，也让老章的耳朵生了茧，有时听了女儿无来由的抱怨，连老章都心烦不已。

班上有几个男同学很调皮，她抱怨：怎么摊上这样的人做同学？

数学老师的普通话讲得不大好，偶尔还会冒出一两句方言，其他同学往往一笑了之，她抱怨：这不是害我们嘛，连普通话都说不好。

有一天，作业做得有点儿晚，她抱怨是钢笔写字不畅，所以才会花了这么长时间都做不完作业。

遇到不会做的题目，她抱怨：什么破题目啊，故意刁难人。

有一次考试考砸了，她愤愤不平地抱怨：窗子外面有一只不知道哪里飞来的鸟，叫得人心烦意乱，无法集中注意力，所以才会考砸……

没错，在遇到了一点儿小挫折的时候，遇到让她看不顺眼的人，自己心情不大好的时候，书来不及看或作业来不及做的时候，她都会抱怨不已，不是这个不好，就是那个影响到了她。

老章倒是清醒地看出了问题的症结：孩子老是抱怨环境，抱怨别人，其实就是想推卸自身的责任，比如孩子学习一直不够专心，不够踏实，也不够勤奋。

可是，孩子为什么会养成爱抱怨的习惯呢？

根子还是出在老章自己身上。

老章算是一个能干且自负的人，但工作这么多年，事业上并未有什么成就，这让老章的心态，也渐渐发生了许多微妙的变化，其中的一个特征就是，爱唠叨，爱抱怨。

与他同时进公司的人，很多人早就被提拔重用了，老章却一直原地踏步。老章回家跟老婆抱怨：领导都瞎了眼，不识货，埋没人才。

年终没评上先进，老章回家气愤地向老婆抱怨：什么所谓先进，还不是看谁会拉帮结派？

下班遇到堵车，回家晚了，老章一进家门就大声抱怨：到处都是车，乌烟瘴气，气死人了。

老章心情不好，吃饭不香，饭桌上气得把筷子一撂，向老婆抱怨：你的菜怎么越烧越难吃了？

家里的下水道又堵了，老章不是赶紧想办法疏通，而是先抱怨一通：这是什么破房子啊，都是豆腐渣。

在老章看来，自己的所有不顺，不是有人故意跟自己过不去，就是让其他人、其他事给祸害的，所以，老章整天抱怨天，抱怨地，抱怨人。

可以说，老章的女儿小倩，几乎是在老章的声声抱怨中，慢慢长大的。虽然老章抱怨的人和事，与女儿并无关系，事实上，老章非常疼爱这个女儿，从小到大，很少抱怨女儿，但是，在老章的言传身教之下，女儿小倩也不知不觉地继承了老章的"抱怨基因"，成了一个爱抱怨的孩子。

于丹说过一句话："扫地是一种习惯，抱怨也是一种习惯。"当抱怨成为一种习惯之后，人就会在遇到任何不顺心、不顺意的时候，都习惯性地抱怨别人，而从不从自身找寻原因。

经常抱怨的后果则就是，心态越来越差，什么时候都是习惯性地从外部找原因，为自己的失败和失意寻找借口。

孩子在成长过程中，难免会遇到这样那样的问题和矛盾，会犯这样那样的失误和错误，有的是客观原因造成的，有的则是因为自身不足。无端地抱怨和一味地抱怨，只会让孩子将自己置身于问题之外，仿佛所有的问题和矛盾，都是他人造成的，而不是积极地找到并克服自身的弱点和毛病，从而加以改进，完善自身。

与其无益地抱怨，不如从此刻开始，重新来过。

找优点

这是放假前的最后一次班会，主题是“评奖”。

与往年不同的是，今年的评奖班会既不是根据成绩评，也不是由老师来做评判，而是同学们相互寻找优点，进行互评。并且，老师说了，全班三十一个人，每个人都会得到一张奖状，一个都不能少。

人人都能获得奖状？班级里一下子炸开了锅。

“我们来给晓浪评个什么奖呢？”老师首先提问。这个叫晓浪的同学，成绩差，平时的表现也不好，自上学以来，从没有获得过奖状，一直被视为“后进生”。

老师话音未落，“唰唰唰”，一下子举起了二十多只手：“他很幽默”“他计算机很好”“他很勤劳”……同学们你一言，我一语，很快就罗列了晓浪同学的若干个优点。

老师欣慰地笑了，她没有想到，同学们从这个“后进生”身上，也能找出这么多优点。更觉得意外和惊喜，还有一点儿羞愧的，是晓浪本人。从来没有这么多人一起称赞过他，他也从来没有想到，同学们会觉得自己有这么多优点，原来自己也不是一无是处啊。在同学们抢着发言的时候，晓浪第一次不好意思地低下了头，身子拼命往下缩，悄悄用眼角的余光打量着班上的同学。

同学们给他评出了一个特别的奖项：幽默大师奖。老师当场填写了奖状。从老师的手中接过奖状时，晓浪的眼泪在眼眶里打转，这是他上学以来获得的第一张奖状。

给班长宜欣评奖，成了一道难题。班长宜欣那可是得奖“专业户”，什么优秀学生、学习标兵、优秀少先队员，等等，每年都是拿奖拿到手软。还能再给她一个什么奖呢？还是先找找她的优点吧：“她很聪明”“她特别勤奋”“她也很虚心”“她乐于帮助同学”……班长宜欣的脸上乐开了花，她得过很多奖，可那都是老师们颁发给她的，在同学们的心目中，自己到底是个什么样，说实话，班长宜欣也不是很有底。听到同学们心诚悦服地列举了自己这么多优点，班长宜欣捏着脖子上的红领巾，笑了。她获得了“全能王”的奖状。

最后，三十一名学生，人人捧得了一张奖状：看到地上有一张纸片都会弯腰捡起来的她，获得了洁净小天师奖；一个人能将老师的讲桌搬起来的他，获得了大力士奖；总是笑容满面的他，获得了最具人气奖；看到老鼠也会尖叫，却在公交车上提醒有小偷的她，获得了最勇敢奖……

我的小外甥，也是这个班的成员之一，他获得了最有协作精神奖。说实话，我这个小外甥，不怎么爱学习，特淘气，调皮捣蛋，什么事情都喜欢掺和一下，让大人很伤脑筋。我对妹妹、妹夫说："他获得这个奖，说明在班集体里，他有协作精神，有团结意识，这不正是很大的一个优点吗？"

在外甥喜滋滋地告诉我他获奖的时候，我们单位的年终评比也刚刚结束。和往年一样，按照一定比例评选出了优秀工作者。被评上优秀的，只占极少数，剩下来的，都是合格等次。所谓合格，就是马马虎虎，勉勉强强，凑凑合合，基本上属于不好不坏。年终评比，更多时候，只是走个过场。可是，我们辛辛苦苦工作一年，就真的没有一点儿特别值得鼓励的优点和成绩吗？

找一找吧，哪怕我们身上只有一条优点，那也是值得肯定，值得褒奖，值得宣扬的。

孩子在书店看什么书

暑假，如果让父母们选择一个孩子的去处，相信很多人会选择——书店。

没错，书店，那正是孩子们最乐意、家长最放心的一个理想去处。孩子们在这里看看书，纳纳凉，还能认识一些小伙伴，真是孩子们的“度假”圣地。

可是，孩子们在书店里一待半天，他们到底翻的是什么书，看的是什么样的读物，父母们了解过吗？关心过吗？

大多数的家长会认为，书店，那是知识的海洋，开卷有益，读什么都没关系，总比窝在家里玩电脑、看电视、睡懒觉强，更比孩子在外闲逛，甚至偷偷溜进黑网吧让人放心。这当然没错。可是，了解一下孩子都看些什么书，引导孩子多读一些健康有益的书籍，显然，也是必要的。

我的一位媒体朋友，暑假期间，走访了多家书店，调查了解在书店里蹭书看的孩子们，都在读些什么书。他发现，有这样几类书，被翻看得最多：一是画本读物。小学低年级的孩子，看得较多的是绘本，高年级孩子则喜欢看漫画；而中学生，翻得最多的是玄幻、言情、盗墓以及各种各样的网络青春小说。有的书，因为被翻看得太多，已经严重破损了。而再大一点儿的书店，孩子们在看什么书，往往更加一目了然，因为不同年龄段的孩子，会聚集在不同的书架前，选择他们爱看的书。我的朋友发现，经典作品、课业辅导类以及各种专业类书柜前，则鲜有孩子们的身影。

这说明，孩子们在书店里，是有选择地阅读。换句话说，孩子们更喜欢看那些有着精美插图或离奇故事的读物，这些书，往往是孩子们平时在校园和家里，不太能够读到的。无论是老师还是家长，都希望孩子把更多的精力，放在课本及他们认为更有益的读物上。

那么，这些书，值得一读吗？我觉得是可以读的，他们同样可以给孩子以熏陶，其中不乏优秀的作品。但是，如果孩子在书店里只看这方面的书，甚至整个暑假都沉迷于斯，我觉得，那就需要加以引导了。

从阅读的角度来讲，看这些读物，大多属于轻阅读。所谓轻阅读，简单地说，就是不怎么需要思考，感觉轻松的阅读。轻阅读无害，但益处也是有限的，尤其是对认知还处于懵懂期或成长期的孩子来说，把太多的时间和精力花在轻阅读上，显然不利于他们对知识的渴望和需求。寒窗苦读，这个“读”相较于轻阅读的“读”，分量和意义当然不一样。从人的趋利性角度来讲，恐怕人人都喜欢轻阅读，而不乐意做一个苦读的行僧。但是，一个矛盾的现实是，无论是人类各种专业知识的积淀，还是经典名著的滋养，都需要靠精读、苦读来完成，指望轻阅读来实现，几乎不可能。

孩子乐意泡在书店，是好事，但泡在书店里的孩子，到底在汲取什么，也是我们万万不能忽视的。

因而，适量的轻阅读，可以，但不能仅于此，更不能沉湎于此。在孩子走进书店之前，父母就可以与他一起进行一次规划，这个暑假，准备翻一翻什么书，认真地读一读什么书，要做到心中有数。也不能随便翻一翻就罢了，虽然是在书店“蹭读”，也要养成良好的阅读习惯，看的同时，可以做一点儿读书笔记，感触很深的书，看过之后，可以写一写读后感，梳理一遍，咀嚼咀嚼，琢磨琢磨，回味回味，这样，才算是真正地读了一本书，消化吸收了一本书的营养。这样的阅读，也才是真正有益的阅读。

假期，孩子乐于走进图书馆，泡书店，这一定不是什么坏事，在书的海洋，随便怎么走，怎么游，都错不到哪儿去。作为家长，我们要做的，只是让孩子的阅读更健康，更有益，更利于他未来的成长。唯一需要注意的是，不要逼迫，不要施压，而是引导。

此外，我觉得应该告诉孩子一点，要敬畏任何一本书，读书的时候，即使是去书店蹭读，也要净手、净心。净手，是要爱惜书，不要弄脏它，损坏它；净心，是要保持一颗有涵养的心，在公众场合，不喧闹，阅读的姿态要文雅。而对于真正爱不释手的书，那就掏钱把它买回家吧。我觉得，这也算是人生一课。

“棺材”里的鼾声

他恨不得往自己的嘴巴里塞只臭袜子，以阻止那该死的鼾声。

但是，没有用。只要搭上眼皮，不出三十秒，他就能睡着。一天的活儿做下来，他太累了。而只要一睡着，同样不出三十秒，他就会打起如雷的鼾声。

在乡下的家里，这不算什么，老婆还活着的时候，听不到他的鼾声，她还睡不踏实呢。可是，现在是在城里，在租来的房子里。为了儿子，他租了这间房子，房租差不多是他半个月的工钱。儿子争气，考上了城里的重点高中，今年高三了。以前，每天早晨，他和儿子各自骑自行车进城，儿子去上学，他去打工，晚上，再各自骑着自行车回到乡下的家，单程需要一个多小时。还有几个月就要高考了，到了最后冲刺的时刻，儿子提出能不能在学校附近租个房子，这样，他可以每天将路上的时间省下来，用于复习。他答应了儿子。

本来是让儿子一个人住的，但儿子心疼他，坚决要求他也一起住在出租房里，顺便给他准备早饭。房间里有一张床，他让儿子睡，自己挨着墙脚打了个地铺。为了不打扰儿子，他用硬纸板做了个隔断，这样，儿子就可以在房间里安静地看书了。每天晚上，儿子都要学到半夜十二点多，第二天早晨六点不到就起床，只能睡四五个小时。几天下来，他发现，儿子的黑眼圈更重了，总是哈欠不断。他心疼地提醒儿子不要太拼命，晚上早点儿睡。儿子嗫嚅了半天，轻轻地说出了原因："你晚上鼾声跟雷一样，我睡不着，好不容易睡着了，又经常被你的鼾声惊醒。"

他难过极了。在这么关键的时刻，可不能让自己的鼾声，影响了儿子的休息。

可是，怎么办呢？只要一躺下，他就会睡着，只要一睡着，他就会打呼。看来，必须等儿子先睡着，自己再睡。每天晚上，总是等儿子熄了灯，上了床，估摸着儿子该睡着了，他才敢躺下来，合上眼皮。有时坐着坐着，他就会打起盹来，然后被自己的鼾声惊醒，这时候他就会生气地拍自己的脸，或者拧拧大腿。这样坚持了几天，他看见儿子的黑眼圈还是很重，再三追问下，儿子道出了实情，半夜还是会被他的鼾声惊醒。

他跟儿子说："我还是每天骑车回乡下去，一早来帮你做早饭吧。"儿子坚决不同意，说："那样你太辛苦了，我慢慢就能适应了。”儿子越懂事，他越自责。思来想去，唯一的办法就是让那个隔断能隔音，这样，自己的鼾声就不会打扰儿子了。

他向工友请教，得知最省钱省事的办法，就是再用泡沫板贴在硬纸板做的隔断上，这样可以起到一定的隔音效果。泡沫板很便宜，他花了几十元，买了十张隔音板，用胶水糊在了隔断的硬纸板上。儿子笑着说："好了一点儿。"但是，他发现儿子的黑眼圈，一点儿没少。夜里躺在地铺上，他能清晰地听见儿子翻身的声音，他意识到，还是不隔音。他努力撑着拼命想合上的眼皮。

那天，在工地食堂的电视上，看到一支送葬的队伍，他忽然有了主意。他向老板讨了几块装材料的旧木板，回到租房后，靠着墙角，乒乒乓乓地钉了起来，架起了一个棺材一样的盒子，然后将剩下来的泡沫板糊上，又在上面铺了几床旧棉絮。然后，他躬着腰，吃力地从留下的一个小洞里钻了进去，里面黑幽幽的，安静极了。他在里面打了个地铺。

儿子下晚自习回来了。他从里面探出头，对儿子说："我打几声呼噜，试试还能不能听见。"他的喉咙里发出很响的声音。儿子说："听不见了。"看着他从里面探出来的头，儿子带着哭腔说，"你这是干什么啊？"

他憨憨地笑着说："这下好了。儿子，你能睡踏实了，我也敢睡觉了。"

那天晚上，他躺在自己做的黑漆漆的"棺材"里，放心地合上了眼皮。他做了一个梦。

一只老鼠的难题

因为捉到了一只老鼠，我的邻居老刘这几天愁坏了。

因为小孙子喜欢吃桂圆，老刘特意买了一箱新鲜的桂圆回家，第二天却发现桂圆被偷食了，从咬碎的桂圆壳来看，是老鼠干的。此后一连几天，虽然老刘不停地更换藏桂圆的地方，但老鼠都能成功地找到并偷食。这让老刘很生气，他倒不是心疼几个桂圆，而是担心老鼠会带来什么病毒。老刘买回一个捕鼠器，在里面放了一颗桂圆，还真管用，当晚，就听到了动静，老鼠被成功诱捕了。夜已深，老刘准备次日早晨就将老鼠拉出去就地阵法。

第二天一早，眼前的一幕让老刘一家人惊呆了：捕鼠器里，一下子多出了一窝小老鼠。原来，昨夜，那只被捕获的老鼠产崽了，数一数，有六只小老鼠！捕鼠器成了老鼠的产房。

刚开始，老刘还很开心，因为这意味着，他一次就捕获了七只老鼠。可是，当老刘准备拎着捕鼠器出门去消灭这些害虫的时候，问题来了，小孙子坚决不同意爷爷杀了这些小老鼠："这些鼠宝宝多可爱啊，不能杀死它们！"

老刘说："老鼠都是坏蛋。"

孙子说："鼠宝宝这么小，能做什么坏事啊？"

老刘说："等它们长大了，就会做坏事的。"

孙子说："但它们现在是宝宝，反正你不能杀了宝宝。"

老刘说服不了小孙子，一家人的态度也各不相同。儿子支持老刘，斩草除根，把老鼠和小老鼠统统杀了；老太太慈悲心大发，坚定地站在小孙子一边；儿媳妇支持老刘杀了老鼠，但又担心孩子幼小的心灵受到伤害。正在一家人激烈讨论的时候，小孙子剥了几颗桂圆，丢进了灭鼠器，他说鼠宝宝们一定饿了。

邻居们也很快听说了这件"奇事"，并加入了讨论。有人说，老鼠咬家具，偷吃粮食，传播疾病，必须毫不犹豫全部杀了，以除后患；有人说，小老鼠刚出生就杀了，太可怜，应该放生；有人建议，那就把大老鼠杀了，小老鼠放生，让它们自生自灭。

到底是杀，还是放生？老刘犯了难。

不知道是谁把这件事传到了网上，这下子更热闹了。大致两派意见，各有理由，主张杀的一方认为，老鼠是无可争议的害虫，而且繁殖能力特别强，必须杀，见一只杀一只，逮一双杀一双，一旦放了，要不了多久，这一窝老鼠就能繁衍出几十、几百只老鼠来，祸害无穷，无异于现实版的“农夫与蛇”的故事。而反方则认为，老鼠确实该杀，但这只老鼠刚做了妈妈，这时候杀了它们显得太残忍，应该放生，老鼠那么多，也不在乎多这几只。再说，老鼠固然是害虫，但也并非一无是处，比如科学家就常常拿老鼠来做试验，这也算是为人类做出了贡献。

争来争去，谁也说服不了谁。

当然，最纠结的，还是当事人老刘，他必须面对现实的难题：是杀了这些老鼠，还是将它们放生，抑或别的处理方案。放生，无异于放虎归山，留下祸患；杀了，对小孙子是个伤害，小家伙同情弱者，热爱生命，这一点难能可贵，孩子的童心理应得到保护和尊重。

这也正是这件事最难的症结所在，从理智上来讲，害虫，该杀；从情感上来讲，也可以放它们一条生路。而无论做出什么选择，似乎都既对，又错；既错，也对。

老刘最终选择了放生。他的理由是，两害相权取其轻，放掉老鼠，鼠害必然增多一些，但在孩子幼小的心灵里埋下了一颗爱惜生命的种子，是宝贵的，值得的。

第二章

和父亲坐一条板凳

在天堂相见，你一定要跑过来拥抱我

这是一个只有五岁的女孩和妈妈的最后的对话——

“到时候我们在天堂相见，你是希望我站在房子外面，还是站在人群第一排？这样你就能一眼看到我了。”极度孱弱的女儿，问身边的妈妈。

“那个时候，妈妈肯定开心极了。”妈妈噙着眼泪，不让它掉下来。

女儿又问妈妈：“你会跑着过来拥抱我吗？”

妈妈抚摸着女儿的头：“当然啦，你肯定也会跑着过来拥抱我吧？”

“嗯，我会用最快的速度冲过去抱你的。”女儿用最后一丝力气，左右晃动着头，做出奔跑的样子。

妈妈哽咽着说：“我知道你肯定会跑得很快。”

女儿在妈妈的怀里，永远地闭上了眼睛。

她只活了五岁。短暂的一生中，她从没能像别的孩子一样奔跑过，她连路都走不了。

在她出生九个月的时候，妈妈发现，她不能像正常的孩子一样站立，甚至无法坐稳。身为神经学医生的妈妈意识到问题的严重性，在一系列检查之后，一个噩耗向他们袭来：女儿患上了腓骨肌萎缩症。

这是一种无法治愈的疾病。

她的病情很快恶化，各种症状显现出来：双手和双脚的肌肉，慢慢失去知觉，她不能动弹了；呼吸肌萎缩了，她无法自主呼吸，不能咳嗽；吞咽肌慢慢失去功能，她无法吞咽，不能吃饭，不能喝水……来到这个世界才一岁多，她小小的身体，就完全陷入了瘫痪状态。

别的孩子都喜欢的巧克力，她不能吃，因为一小块就可能将她噎死。

别的孩子都喜欢喝的可乐，她不能喝，因为一小口就可能将她呛住，产生无法预料的后果。

别的孩子都喜欢看的图画书，她看不了，因为她无力指挥她的双手，去翻动薄薄的一页书。

别的孩子很快就学会走路了，奔跑了，嬉戏了，她只能羡慕地看着，她只能在心里幻想着，像别的孩子一样手拉着手走路，快乐地你追我赶……

她短暂的五岁的生命，一直被困在两张床上，一张是家里的，一张是医院的病床。

只要一生病，哪怕是轻微的感冒，父母也不得不将她紧急送到医院，抢救。她的生命脆弱得就像一块薄冰，随时可能碎裂、融化、消失。医生一次次将细细的长长的管子，从她的鼻子深深地插进气管里，以便把气管中的痰液吸干净。那些痰液，正常人轻轻一咳，就可以咳出来了，但她无法做到，它们像恶魔一样，随时准备夺走她幼小的生命。

即使从医院出来，她也不得不随时随地都要带着呼吸机。

不管去哪里，她都不得不瘫在轮椅里。

她没有尝过任何人间的美味，因为维持她生命的食物和水，都只能通过一根管子直接送入她的胃里。

她无法自己在床上翻身，刷牙，洗脸，上厕所，洗脚，所有的一切都要爸爸妈妈帮忙。

随着病情日渐恶化，她去医院的频率越来越高了，而每一次治疗和抢救，过程都极其痛苦。她痛，爸爸妈妈更痛。医生告诉她的父母，下次再感染什么病毒，可能很难再抢救回来，就算能抢救回来，她也只能像个植物人一样躺在床上。

必须要面对这一艰难时刻了。是继续救，还是放弃？最后，他们把决定权交给了当时只有四岁的她。父母告诉她，她死后会去天堂，在那里，她可以玩耍、吃饭、奔跑、跳跃，做一切她这辈子没法做的事；在那里，会有上帝代替爸爸妈妈爱她。

她选择了不再去医院。

妈妈哽咽着说："你要知道，爸爸妈妈不会陪你去天堂，你要一个人先去。"

“没关系，上帝会好好照顾我的。”

妈妈忍不住哭了：“对不起，我知道你不喜欢看我哭，但是你走了之后，妈妈会很想你。”

她安慰妈妈：“不要担心，上帝会照顾我的，它一直在我心里。”

她选择了上天堂。

她的一生，只有五岁。

她是一个美国小女孩，可我愿意把她当作我们所有人的孩子。

她有一个很可爱的名字，但我更愿意喊她“天使”。

如果真有天堂，人们一定能看到她快乐地奔跑、跳跃、玩耍。而每一个遇到她的人，一定都会跑过去，将她紧紧拥入怀中。

最害怕妈妈突然对我好

新学期，她给孩子们布置了第一篇作文：最难忘的时刻。

她是一名支教老师。在这个偏远山区，方圆几十里，只有这一所学校，学生大多是留守孩子，他们的父母，大部分都远赴外地打工，难得回来一次，这也成了很多孩子与父母一年中难得相聚的机会。其时，春节刚过，孩子们刚刚与久别的父母重聚，她希望孩子们用手中的笔，记录下这一温暖的时刻。

作文交上来了，她认真地批阅。不出所料，几乎所有的孩子写的都是春节期间与从外地打工赶回来的父母相聚的那一刻。

一个孩子，写了妈妈带回来的好吃的，说那是他吃过的最美味的东西了，他感觉那一刻，自己好快乐。

一个女孩子写的是，爸爸给她新买的书包，当爸爸帮她将新书包背好的那一刻，她觉得自己好幸福。

一个男孩子写的是，他已经两年多没有见到爸爸了，爸爸刚走进家门的时候，他都一下子没有认出来，爸爸突然一把将他抱了起来。那一刻，他感觉有点儿陌生，但是，很温暖，真的很温暖……

那一刻，都温暖，难忘。

她的目光，久久地停留在了一个女孩子的作文本上。

女孩子写道："以前，是爸爸一个人出去打工，后来，妈妈也出去了，留下我和弟弟，跟着年迈的爷爷一起生活。每年，他们都只在春节的时候才能回来，年一过完，他们就又出去打工了。今年，直到大年初二，他们才回到家，因为他们没买到年前的火车票。

"这一次，因为没赶回来吃年夜饭，爸爸妈妈答应我和弟弟，会在家里多待几天，这可把我俩乐坏了。

"爸爸妈妈回来之后，很忙，除了走亲戚，他们还要将庄稼地重新翻整一遍，这样，年迈的爷爷春耕的时候才好播种。虽然爸爸妈妈回来之后，忙得根本没时间陪伴我们，甚至顾不上我们，但我仍然觉得很满足，很幸福。

"一天，妈妈没有下地干活，而是一整天都陪着我和弟弟，给我们做饭，烧了好几样好吃的菜，帮我们把所有的衣服都洗干净叠整齐了，爸爸还检查了我和弟弟的作业……总之，那一天，妈妈和爸爸对我们姐弟俩特别好，特别温柔。"

读到这儿，她以为女孩子接下来会写，那就是她最幸福的时刻。可是，没有。女孩子写的是："那一刻，我哭了。我知道，爸爸妈妈明天肯定又要离开家，出去打工了。"

女孩子在作文结尾这样写道："我最难忘的时刻，也是最难过的时刻，就是妈妈突然对我特别好，因为，那意味着，她第二天，又要离开家了，又要一年之后，才能回来了。"

在这行文字下面，她依稀看到几滴泪水的痕迹。

她也流泪了。

她已经支教三年了。在城里，她有一个温暖的家，有一个调皮可爱的儿子。每次离开城里的家之前，她也恋恋不舍，她觉得自己亏欠这个家太多，尤其是对儿子。所以，每次离开家之前的那一天，一向粗线条的她，也都会对儿子表现得特别温柔，特别细致，特别耐心，恨不得把对他所有的爱和牵挂，都留下来。也许，儿子也特别害怕自己突然对他那么好吧？

她突然无比想家。她给老公打了个电话。夜已深，儿子已经睡着了，她让老公将手机放在儿子的面前，她听到了细微的鼾声。那一刻，她泪流满面。

和父亲坐一条板凳

上大学后的第一个暑假回家，坐在墙根下晒太阳的父亲，将身子往一边挪了挪，对我说："坐下吧。"印象里，那是我第一次和父亲坐在一条板凳上，也是父亲第一次喊我坐到他的身边，与他坐同一条板凳。

家里没有椅子，只有板凳，长条板凳，还有几个小板凳。小板凳是母亲和我们几个孩子坐的。父亲从不和母亲坐一条板凳，也从不和我们孩子坐一条板凳。家里来了人，客人或者同村的男人，父亲会起身往边上挪一挪，示意来客坐下，坐在他身边，而不是让他们坐另一条板凳，边上其实是有另外的板凳的。让来客和自己坐同一条板凳，不但父亲是这样，村里的其他男人也是这样。让一个人坐在另一条板凳上，就见外了。据说村里有个男人走亲戚，就因为亲戚没和他坐一条板凳，没谈几句就起身离去了。他觉得亲戚明显是看不起他。

第一次坐在父亲身边，其实挺别扭。坐了一会儿，我就找了个借口，起身走开了。

不过，从那以后，只要我们父子一起坐下来，父亲就会让我坐在他身边。如果是我先坐在板凳上，他就会主动坐到我身边，而我也会像父亲那样，往一边挪一挪。

工作之后，我学会了抽烟。有一次回家，与父亲坐在板凳上闲聊，父亲掏出烟，自己点了一根，忽然想起什么，犹豫了一下，把烟盒递到我面前说："你也抽一根吧。"那是父亲第一次递烟给我。父子俩坐在同一条板凳上，闷头抽烟。烟雾从板凳的两端飘浮起来，有时候会在空中纠合在一起。而坐在板凳上的两个男人，却很少说话。与大多数农村长大的男孩子一样，我和父亲的沟通很少，我们都缺少这个能力。在城里生活很多年后，每次看到城里的父子俩在一起亲热打闹，我都羡慕得不得了。在我长大成人之后，我和父亲最多的交流，就是坐在同一条板凳上，默默无语。坐在同一条板凳上，与其说是一种沟通，不如说更像是一种仪式。

父亲并非沉默讷言的人。年轻时，他当过兵，回乡之后当了很多年的村干部，算是村里见多识广的人了。村民有矛盾了，都会请父亲调解，主持公道。双方各自坐一条板凳，父亲则坐在他们对面，听他们诉说，再给他们评理。调和得差不多了，父亲就指指自己的左右，对双方说："你们都坐过来嘛。"如果三个男人都坐在一条板凳上了，疙瘩也就解开了，母亲就会适时走过来喊他们，吃饭，喝酒。

结婚之后，有一次回乡过年，我与妻子闹了矛盾。妻子气鼓鼓地坐在一条板凳上，我也闷闷不乐地坐在另一条板凳上，父亲坐在对面，母亲惴惴不安地站在父亲身后。父亲严厉地把我训骂了一通。训完了，父亲恶狠狠地对我说："坐过来！"又轻声对妻子说，"你也坐过来吧。"我坐在了父亲的左边，妻子扭扭捏捏地坐在了父亲的右边。父亲从不和女人坐一条板凳的，哪怕是我的母亲和姐妹。那是唯一一次，我和妻子同时与父亲坐在同一条板凳上。

在城里终于有了自己的房子后，我请父母进城住几天。客厅小，只放了一对小沙发。下班回家，我一屁股坐在沙发上，指着另一只沙发对父亲说："您坐吧。"父亲走到沙发边，犹疑了一下，又走到我身边，坐了下来，转身对母亲说："你也过来坐一坐嘛。"沙发太小，两个人坐在一起很挤，也很别扭，我干脆坐在了沙发帮上。父亲扭头看看我，忽然站了起来，说这玩意太软了，坐着不舒服。只住了一晚，父亲就执意和母亲一起回乡下去了，说田里还有很多农活儿。可父母明明答应这次来是要住几天的啊。后来还是妻子的话提醒了我，她说一定是我哪儿做得不好，伤了父亲。难道是因为我没有和父亲坐在一起吗？不是我不情愿，真的是沙发太小了啊。我的心，隐隐地痛。后来有了大房子，也买了三人坐的长沙发，可是，父亲却再也没有机会来了。

父亲健在的那些年，每次回乡，我都会主动坐到他身边，和他坐在同一条板凳上。父亲依旧很少说话，只是侧身听我讲。他对我的工作特别感兴趣，无论我当初在政府机关工作，还是后来调到报社上班，他都听得津津有味，虽然对我的工作内容，他基本上一点儿也不了解。有一次，是我升职之后不久，我回家报喜，和父亲坐在板凳上，年轻气盛的我，一脸踌躇满志。父亲显然也很高兴，一边抽着烟，一边听我滔滔不绝。正当我讲到兴致之时，父亲突然站了起来，板凳一下子失去平衡，翘了起来，我一个趔趄，差一点儿和板凳一起摔倒。父亲一把扶住我，说道："你要坐稳喽。"不知道是刚才的惊吓，还是父亲的话，让我猛然清醒。这些年，虽然换过很多单位，也做过一些部门的小领导，但我一直恪守本分，这得益于父亲给我上的那无声一课。

父亲已经不在了，我再也没机会和父亲坐在一条板凳上了。每次回家，坐在板凳上，我都会往边上挪一挪，留出一个空位。我觉得，父亲还坐在我身边。我们父子俩，还像以往一样，不怎么说话，只是安静地坐着，坐在陈旧而珍贵的板凳上，任时光穿梭。

把父母的心接回家

母亲说："体验馆里新进了一台康复仪，对治疗高血压很好，我也想买一台，你们看好吗？"

母亲说的体验馆，就在我们小区附近，是一家什么保健器械公司开的。每天吃过中饭，母亲都会雷打不动地去体验一下，免费的。我问过母亲，确实是免费的，母亲已经去了二十多次，真没收过一分钱。如今，还有这样的好事，难得。

我问母亲："一台康复仪要多少钱？"母亲说："一万三千元。贵是贵了点儿，不过，听说这台康复仪的效果真不错，隔壁张大伯就买了一台。而且，"母亲顿了顿，接着说，"他们的服务相当好，老是白用人家的东西，妈心里过意不去啊。"

看得出，母亲这次是真的动了买的心思。

母亲一向很节俭，她房间里的那台老电视，还是老式的

14 寸彩电，都看了十几年了，就是坚决不肯让我们给她换台新的，说是旧电视有想头。我知道其实她是舍不得花那个钱，可是，现在这样一台所谓的康复仪，要一万多块钱，她却毫不犹豫。

我迟疑着，不知道怎样答复母亲。

说实话，我倒不是舍不得花这个钱，就觉着吧，那个体验馆有点儿玄。

还记得第一次，母亲是和楼上的刘大妈一起去的。晚上我们下班回家，一眼看出母亲很兴奋的样子。自从父亲去世后，母亲难得这么开心。我们问她，去体验的感觉怎么样。“你们不知道，难为情死了。”母亲的脸微微涨红，“一进去，一个好看的小姑娘开口就喊我‘妈妈’，可把我吓坏了。”母亲告诉我们，体验了半个多小时，那个小姑娘一直陪着她，嘴巴特别甜，一口一声妈妈。母亲说：“开始我让她不要这么喊我，可小姑娘说：‘我们这里都是这样喊的，亲切。再说了，您真和我妈妈一样，看起来那么慈祥……’”

饭桌上，母亲头一次显得那么兴奋。她向我们讲述着她的所见所闻，却很少提及那些仪器的感受，倒是对他们的服务，讲得津津有味。看样子，小姑娘那声甜甜的“妈妈”，起作用了。

我们平时上班的上班，上学的上学，只有母亲一个人留在家中，孤单地熬过漫长的白天。即使晚上回到家，吃过晚饭，也是各忙各的事。知道母亲寂寞，所以，对她去体验馆，我们也是支持的。母亲去了几次，就开始迷上那地方了。

一天，吃晚饭时，看见母亲的情绪不高，眼圈还有点儿红。不知道白天，母亲出了什么事。

我悄悄指使儿子，向奶奶撒娇，套情况。在儿子的软磨硬泡下，母亲终于道出了实情。原来，下午母亲去了体验馆，这次体验的不是那些仪器，而是一项特殊的体验。体验馆的工作人员，为每位来体验的老人洗脚。母亲感慨地说："第一次让别人洗脚，真不习惯，小姑娘的手真嫩啊，捏得心里痒酥酥的。"母亲看了我们一眼，忽然幽幽地说，"我们这些老头儿老太太，真是没用，洗着洗着，很多人就哭起来了。数你隔壁的张大伯哭得最厉害了，号啕呢。平常那么犟的老头子，也会哭鼻子呢。"

听母亲说着，我的心，隐隐地痛。这些应该我们子女给的东西，现在，他们却在一个推销产品的体验馆里，寻找到了。难怪和很多老人一样，母亲对那个地方会越来越依恋。他们不是迷恋那些冰冷的仪器，而是在那里，感受到了被关注、被重视的温暖啊。

在答复母亲买不买那台康复仪前，我决定先去那家体验馆看看，亲身体验一下，我一定要弄明白，一系列纯粹的商业操作，是怎样俘虏了我们年迈的父母的心。

我要把母亲的心，再接回家来。

不合身的毛衣

他个子不高，一米七都不到。不到一米七的他却穿了一件特大毛衣。袖子长出足足十厘米，他将长出的十厘米卷起来，塞进外衣的袖口里，在外罩的掩护下，除了袖口显得有点窝窝囊囊，尚无大碍；衣身也长出足足十厘米，比他穿的任何一件外罩都要长，因此，毛衣总是从外罩里露出来，有点儿像裙摆，样子很滑稽。

毛衣是手工打的，厚厚实实，赭黄色，而且已经旧得败色了，看起来土里土气。现在穿这种手工打的毛衣的人，越来越少了。谁还有时间和耐心，一针一线打毛衣？又有谁还肯不适时宜地穿这种粗糙臃肿的毛衣？每年冬天，冷空气一来，他却早早地就穿上这件特大号的毛衣了，他似乎比别人更怕寒冷。

他的朋友，动员他脱了这件过时的大毛衣，去买机织的绒衣穿。机织的绒衣，又细密，又贴身，又好看，价格也不贵。他笑笑，却不为所动。有一个女同学，曾主动提出来，帮他拆了，按他的身材重新打，也被他婉言谢绝了。人们认定他是一个怪人。他确实有点儿古怪，至少在对待这件毛衣上是这样的。每天晚上，他都会将这件毛衣整整齐齐地叠起来，做枕头，小脑袋陷进毛衣里，就像一只小袋鼠钻进妈妈毛茸茸的袋袋里。没有人知道他为什么会如此迷恋一件极不合身的旧毛衣。

这是他在大学的最后一个冬天了。就业的压力比寒流来得更早，虽然离毕业还有半年多时间，大四的学生们却早已忙碌地穿梭在各大招聘会上了。他也不例外。这天，他和几个同学同时获得了一家外资企业的面试机会。大家都做了精心的准备，一个个收拾得整整洁洁，精精神神，他也穿了件新西服，里面穿的却还是那件不合身的毛衣，显得愈加不伦不类。同学劝他脱掉里面那件毛衣，这样至少外表看着干净利落些，他却执意不肯。同学们拗不过他。大家都暗暗为他捏了把汗，认为他没希望了。

在一大堆专业的考核之后，人力主管给每个人都出了同样一道加试题：谈谈自己的父母。

他讲了身上这件毛衣的故事。

这是母亲为他打的。母亲在为他打这件毛衣的时候，他刚上小学一年级。他并不知道，那时候母亲已经病入膏肓，癌细胞正疯狂地吞噬着她年轻的生命。他只记得，在那个寒冷的冬天，母亲一直不停地打着毛衣，长时间的化疗使她的双手浮肿得像馒头，冰凉而僵硬。他摸过那双手，凉得就跟铁秤砣一样，而以前妈妈的手多么柔软、多么温暖、多么细嫩啊。他哭着求母亲不要再打毛衣了，母亲笑着说："傻孩子，打好这件妈就不打了，这件给你上大学时穿，那时候你的个头就该有一米八了，跟你爸爸一样高、一样壮实了。"他弄不明白，母亲为什么要为他准备那么多毛衣，甚至连上大学时的毛衣都这么早就准备好了。那是多么遥远的未来啊。直到有一天，妈妈永远地闭上了眼睛，他才懵懵懂懂明白，妈妈是要赶在死神之前，为他这辈子多打几件毛衣啊。

他撩起西服的下摆，眼里含着泪花："妈妈没想到，我都快大学毕业了，也没长到像爸爸那么高，所以，这件毛衣太大了点儿。但是，但是它很温暖。"

人力主管的眼睛也有点儿湿润了："我想问你一个问题，你一直穿着它吗？"

"是的。每年冬天，我都穿着它，穿着它很温暖，穿着它，我就觉得，妈妈一直陪伴着我。"

前几天，他打电话告诉我，他已经被那家外资公司录用，开始进公司毕业实习了。他是我的堂弟。十五年前，我的堂婶，一个贤惠善良却不幸的女人，被病魔残忍地夺去了年轻的生命，享年三十二岁。她把她的爱织进了毛衣，温暖着堂弟，也温暖着我们的心。

不要问妈妈

一个儿子，给乡下的老母亲打电话。

电话通了。儿子对着话筒说：“妈，你最近还好吧？”

“好，好。妈好着呢，你放心吧。”

“妈，天冷了，你的老寒腿有没有发作？要不要我给你买件保暖的衣服，比如一件羽绒服，又轻巧又保暖。”

“妈妈的腿没事，我穿着棉裤呢，不冷。你的工资也不多，留着自己花吧，给自己买件羽绒服吧，别舍不得花钱。一个人在外地，要学会照顾好自己啊。”

“妈，你放心吧，我都多大了。前段时间工作太忙，没回去看望你，要不，这个月末，我抽个空，回家看看你。”

“我知道你忙，别记挂着我，我很好。没空就别回来了，路这么远，来回折腾，多累啊，星期天，你自己多休息休息，把身体养好了，妈就放心了。”

“妈，那我就不和你多说了啊，有空的时候，我再给你打电话吧。”

“没空就不要打电话回来了，安心工作，如果有事，妈会给你打电话的。”

“妈，那再见了啊。”

“再见，儿子，自己在外面多保重啊。”

电话挂了。儿子放下电话，长吁了一口气，妈妈一切都好，他就放心了。儿子不知道的是，电话那头，老母亲还握着话筒，茫然地听着电话机里“嘟嘟”的忙音，迟迟舍不得放下。这是儿子几个月来，打回来的唯一一个电话。儿子终于想起来打个电话回家了，老母亲的眼眶里，盈满了混浊的泪水。

这是在我们的生活中，经常可以见到的一幕，这个“儿子”，可能是你，可能是我，也可能是他。

我的老母亲，也一个人孤单地生活在老家，平常只能通过电话联系。每次打电话回家，从母亲那儿得到的信息都是，她身体很好，生活很好，一切都很好。如果我问她需要什么，那得到的回答一定是，她什么都有，什么都不需要，总之一句话，她很好，让我放心。

有一次，我出差到桂林，朋友向我推荐了当地产的一种喷剂，说是对老人特别好。我立即打电话给母亲，问她要不要。电话里，母亲听说一瓶要一百多元，立即态度很坚决：“不要。”我告诉她，据说这种喷剂对老年人防止气喘效果特别好。母亲还是断然拒绝。等我挂断电话，站在一旁的朋友，诧异地看着我说："你怎么能问老人家要不要呢？老人舍不得你花钱，当然会说不需要。这是你孝顺母亲，不需要去问她，如果问她，一定会被拒绝。"

朋友的话，如醍醐灌顶。想一想，情形还真是这样，每次，无论我问母亲需要什么，或者我说要买什么东西送给她，都会被她拒绝，拒绝的理由永远一样：妈什么都不缺，妈不需要。

真的不需要吗？

考虑到老母亲年纪大了，有时候一个人出门，不放心，想给她买个手机，带在身边，这样，走到哪儿，都可以联络上。老母亲却死活不同意，说自己一个老太婆，要那东西干什么，再说了，也不会用。虽然母亲不想要，但我还是坚持为她买了一部手机。将手机送给母亲的时候，还被她唠唠叨叨怪罪了半天。可是，后来听妹妹说，老母亲将那部手机，宝贝一样地整天带在身上，还经常拿出来跟老伙伴们"炫耀"一番，说这是儿子送给她的。听了妹妹的话，我的鼻子酸酸的。母亲很少用手机打电话，嫌话费贵，但手机还是起了大作用。有一次，老母亲一个人走迷路了，就是用手机打电话给我，我再赶紧让老家的朋友赶过去，找到了老母亲。

不是老人不需要，而是我们的父母，为了减轻我们的负担，放不下我们，舍不得我们，才一次次拒绝我们的孝心。

如果你问父母：生活费够用吗？回答一定是，够，花不完呢。而他们很可能为了省下几元车钱，徒步从集镇走回家。

如果你问父母："身体好吗，要不要到医院去做个体检？"回答一定是"好，好得很呢"。而他们很可能因为腰酸背痛，深更半夜斜倚在床头呻吟。

如果你问父母，要不要回去探望他们。回答一定是，你们工作忙，路上又不方便，就不用回来了，我们都很好。而他们很可能经常顶着寒风，站在村头的桥前，眺望远方……

这就是我们的父母，为了让我们安心地工作，好好地生活，他们宁愿遗忘自己，也让我们遗忘。他们将对子女的爱和思念，都深埋在心底。

因此，不要问老父亲，也不要问老母亲，他们有什么需要。如果天冷了，你想给妈妈买一件保暖的衣服，那就赶紧买了，送回家；如果你想念他们了，那么，立即买张车票，连夜回家吧。

不要问，不要等。也许你会因此被年迈的父母嗔怪，但我告诉你，那声嗔怪里，有无限的满足，也有无限的疼爱。

等一等父母

家里新装了数字电视，这样，可以选择收看的频道和节目，新增了很多。这是为老母亲特地安装的。我们平时工作忙，难得看电视，而老母亲白天一个人守在家里，很空闲，也很寂寞，原来的电视能收的台不多，难以找到老母亲喜欢看的戏剧和古装影视节目。这下好了，除了电视频道，还可以点播，挑自己喜欢看的节目。

遥控器也换了。原来的电视机遥控器比较简单，摁开机键，上下换台就可以了。新的遥控器，多出了很多功能，上面的小摁键，有二三十个，每一个摁键都有各自的功能。我拿着遥控器，指给母亲看，告诉她这个是开机的，这个是调音量的，这个是换台的，这个是暂停键，这个是搜索键，这个是返回键，这个是快进键……老母亲看着我手里的遥控器，

嘴里嘟囔着 :“这么复杂啊，我记不住。”母亲识字不多，摁键上花花绿绿的符号，对她而言更是犹如天书。

看着母亲一脸茫然的样子，我只好一次次操作，示范给她看 :“先摁这个键，开机 ；再摁这个键，选择栏目 ；然后摁这个键进入，上下移动，挑选你想看的栏目 ；最后摁这个键，确定一下，就可以收看了。”母亲小心翼翼地接过遥控器，盯着上面的摁键看了半天，犹疑着不知道先摁哪个。

我只好再一遍遍示范。

母亲接过遥控器，摁了开机键，电视机打开了。我笑着说 :“其实也不难的。”母亲又摁了一个键，进入主节目单。我指着电视机屏幕说 :“上面有戏剧专栏，你可以进入那里，选你喜欢的节目看。”母亲有点儿颤抖地，又摁了一个键。电视机屏幕却突然变成了雪花点。母亲吓了一大跳，以为把电视机弄坏了，窘迫地看看电视机，又看看我。她是摁了退出键。

教了母亲一个多小时，她都没学会怎么使用遥控器。我有点儿不耐烦了。

这时候，儿子坐完了作业，正好从房间里走出来。看到我有点儿难看的脸色，儿子不满地说 :“奶奶年纪大了，当然一下子学不会这么复杂的东西，我觉得你应该对奶奶耐心点儿。”说完，拉着奶奶在沙发上坐下，“奶奶别急，我来慢慢教你。”

祖孙俩头挨着头，坐在一起。儿子将摁键一个个指给奶奶看，很耐心，很温柔。

母亲真的老了。小时候，觉得母亲特别能干，几乎无所不能，从哪一天开始，母亲忽然变得迟缓了，迟钝了，衰老了呢？

她的记忆力，大不如前。说话的时候，说着说着，她会突然停下来，蹙着眉头，极力去回忆，她忘记了自己真正要说的话。下班回到家，她经常会兴奋地告诉我，今天谁又来电话了，说了个事情。我等着她告诉我是什么事情，她却不说话了，嘟囔着："哎呀，刚刚还记得清清楚楚的事情，怎么转身就忘了呢？"我知道不会是什么大事情，否则人家会直接打我手机的。往往过了好大一会儿儿，母亲又突然激动地向我喊道："快来，我想起来是什么事了。"

这些年，母亲的腿脚不像以前那么利索了，走路不如以前那么快了，动作变得越来越缓慢了，让人无奈、着急，我有时候甚至流露出不耐烦的情绪。这时候，母亲就像个犯了错的小孩一样，尴尬，难为情，不知所措。

有一次，我去一个朋友家。他们一家人，正在吃晚饭。朋友的老父亲坐在桌边，端着个小碗，一小口，一小口，慢腾腾地吃着，干瘪的嘴巴，慢慢地咀嚼着。朋友和妻儿，也都围坐在桌边，慢慢地吃着饭。一直等到朋友的老父亲喝好了汤，放下了碗筷，朋友和妻儿这才也放下碗筷。朋友带有歉意地对我解释说："劳你久等了。老父亲年纪大了，牙齿没几颗了，肠胃也不大好，吃东西要细嚼慢咽，我们吃慢一点儿，是为了陪着他，不让他着急。"

我有点儿羞愧。说实话，与朋友比起来，我对自己的老母亲实在不够耐心，不够细心。

父母老了，走路的时候，等一等他们慢腾腾的脚步；吃饭的时候，等一等他们无力的咀嚼；说话的时候，等一等他们迟缓的记忆……就像在我们懵懂无知的小时候，他们总是耐心地、不倦地、手把手地引导着我们。这就是爱。

剪指甲

妈妈躺在破旧的靠椅上，睡着了。妈妈睡得可真香啊，连他不小心碰倒一个小板凳都没有将她吵醒。很少看见妈妈这个时间睡觉，平时这个时段，她不是在家里洗洗刷刷，就是忙着准备要卖的菜。妈妈下岗之后，在菜市场租了个摊位卖菜，一早一晚赶两个集市。今天，也许她太累了，也许是准备工作都做好了，她少有地躺了下来，而且竟然睡着了。

这是个好机会。他拿着剪刀，蹑手蹑脚走到妈妈身边。妈妈的手，垂搭在椅背上，黑黑的指甲盖，显得特别刺眼。

就在前几天的家长会上，他刚刚被妈妈黑乎乎的指甲盖刺痛过一次。家长会那天，妈妈特地换了身干净的衣裳，但这丝毫也没有减少她身上弥散的菜市场里烂菜叶的气息，不过，他还是很感谢妈妈。他知道，妈妈难得穿得这么干净，就是为了不让他在同学面前丢脸，虽然说实话，他并不认为，妈妈在菜市场卖菜，有什么不光彩的。家长会上，家长和孩子们坐在一起，妈妈听得很认真，好几次，当老师念表扬名单时，妈妈的脸上露出了灿烂的笑容。他偷偷瞟一眼妈妈，心里在说："儿子没让你失望吧？"

家长会快结束的时候，老师给每位家长发了一张征询意见表，让家长填写。妈妈双手拿起表格，仔细地看起来。突然，他无意中看见了妈妈的双手，天啊，她的指甲盖，又长又黑，好像被墨汁染过一样。他的脸骤然涨得通红。他偷偷瞄瞄身边，小丫妈妈的手指，又细又长，白白嫩嫩，指甲盖上，还涂着好看的色彩；小军爸爸的手指，又肥又厚，很不好看，但是，指甲被修剪得整整齐齐，一看就是个有教养的人；就连坐在前面的小齐的奶奶，手指也被修得干干净净。他不敢再看下去了。妈妈的指甲，特别是两个大拇指的指甲，那么黑，那么脏，那么难看，这让他感到无地自容。他怨恨地扫了妈妈一眼：儿子知道你很忙很累，可是，再忙再累，也不至于连剪个指甲的时间都没有啊。担心别的同学看到自己妈妈脏乎乎的手指甲，他几次示意妈妈将双手放下来，可是，妈妈似乎一点儿也不理解儿子的心思。没办法，他只好将身子夸张地往前趴，这样，至少能挡住一点儿别人的视线。

他不知道，那天的家长会上，有没有人注意到自己妈妈的指甲，但他打定了主意，等哪天找个机会，一定帮妈妈将那又长又脏又黑的指甲，剪了。

今天真是个好机会。妈妈睡着了，而且，双手就垂搭在椅背上，这样，剪起指甲来就省事了。

他轻轻地捧起妈妈的左手。很久没有拉过妈妈的手了，妈妈的手粗糙、干涩，和记忆里妈妈的手，好像很不一样了。对，那时候，妈妈的手也是保养得很好的，又白又软，细细长长，温温暖暖。他知道，妈妈是累的、苦的，手才会变成这样的。他小心翼翼地用剪刀，将妈妈的指甲，一点儿点儿剪下来。为了不弄醒妈妈，他的每一个动作，都很轻柔。

很快，妈妈左手上最脏的大拇指指甲，剪好了，指甲根的肉芽，也被菜汁染得黑乎乎的。他想，等妈妈醒了，让她用肥皂好好洗洗，妈妈的指甲，就又干净漂亮了。这样想着，他继续往下剪。

谢天谢地，妈妈竟然毫无知觉。他想，妈妈真是太累了。

只剩下最后一个指甲了。这个指甲，好像被折断过，裂开了，还有斑斑干掉的血迹。他握紧剪刀，一用力。突然，妈妈的手指一哆嗦，醒了过来。难道剪到妈妈手指上的肉了？他吓得停住了手。妈妈惊讶地看着他，又看看自己的手指。妈妈什么都明白了。

他本来想等妈妈自然醒来，给她一个惊喜的，没想到功亏一篑，最后时刻把妈妈弄醒了。他握着剪刀，笑盈盈地看着妈妈。他想，妈妈一定会疼爱地看着自己，表扬一下他的。他等待着。

啪！妈妈一巴掌打在他的手上："谁让你把我的指甲都剪了？"

他绝没有想到，妈妈会打他。他惊愕而委屈地看着妈妈。

妈妈愠怒地盯着他。他紧咬着嘴唇，眼泪在眼眶里打转。

妈妈一把将他搂进怀里，说："对不起，妈妈不该打你。可是，傻儿子，妈妈留着指甲，是用来剥毛豆的。你知道吗，卖一斤剥好的毛豆米，比卖一斤毛豆壳，能多赚两元钱呢。你把妈妈的指甲剪了，妈妈还怎么剥毛豆啊？"

他抱住妈妈，眼泪哗哗地流了出来。

那天，他第一次陪妈妈去菜市场，帮她卖菜。他拿了一个盆子，蹲在地上，剥毛豆，没剥几颗，他的指甲盖里就塞满了毛豆皮，变得绿乎乎的。而且，因为他的指甲很短，剥毛豆很疼。妈妈几次心疼地看着他，让他别剥了，他却不肯停下来。

又有人来买菜了，妈妈微笑地忙碌着。他剥着毛豆，偶尔抬起头，偷偷地看一眼妈妈的双手。妈妈的指甲，被他剪得整整齐齐，妈妈的手真的很好看呢。

爱的移位

每晚，儿子都要回家，看望独居的老父亲。

儿子摸摸藤椅，轻轻摇了摇，藤椅吱呀吱呀地响。儿子弯腰检查，发现藤椅一条腿上的藤条松了。每次回家，儿子都要仔细地查查老父亲坐的椅子是不是结实，门把手是不是牢固，柜子是不是稳定。老父亲老了，即使在家里移动，也得依靠那些能够随手抓到的东西，使一把劲，他得确保老父亲家里的每一件东西都稳固、结实，以免老父亲使用时发生意外。这把藤椅是老父亲最喜欢坐的椅子，他坐在上面读读报纸，坐在上面看看电视，坐在上面打个盹儿，坐在上面发下呆，坐上面思念母亲……在儿子的印象中，老父亲大把大把的时间，都是在藤椅上度过的。藤椅陪伴了他二三十年，也许更久，现在它有点儿松了，不再像以前那么牢固了。儿子赶紧找来工具，先用铁丝将藤椅的腿绑牢，然后用旧衣裳撕成的布条，一层一层地缠起来，这样，藤椅就既结实，又不会伤着老父亲了。

若干年前，年轻的父亲自己动手，用木头做了几把轻便的桌椅，专门给儿子用。年幼的儿子很调皮，任何东西都会成为他的玩具，小椅子也不例外。害怕椅子太重砸伤了孩子的脚，所以，年轻的父亲特地找来质地最轻的梧桐木，做成了几把椅子和一张小桌子，并且耐心地将每一个角都磨圆，这样，即使孩子碰着了，也不至于弄伤。

儿子走进书房。老父亲一辈子爱书，一堵墙都是书架，摆满了各种各样的书籍，老父亲现在还经常找几本出来读读。每隔一段时间，儿子都会帮老父亲整理、清理一下书架，将老父亲常翻的一些书，移到书架的下层，这样，父亲拿起来方便，就不用自己登高去翻找了。老父亲的年龄越来越大了，每登高一次，都会增添一分危险。为了防止老父亲爬高，儿子将家里的东西，都尽量往下搬，移到伸手可及的地方，这样，老父亲需要什么，随手打开柜子，就可以拿到了。可是，倔强的老父亲，有时还是会偷偷地站在凳子上，找这找那，这让儿子非常担心，他几次“严厉”地“警告”老父亲，若是再站凳子的话，他就将书架上面几层给封死，以杜绝危险的发生。

若干年前，儿子从蹒跚学步到自如地奔跑跳跃，正一天天长大。儿子给这个家带来了无穷的快乐。但是，这个调皮的男孩，也因此造成了一次次险情。好奇心使他什么东西都要看一看，什么东西都要摸一摸，什么东西都想玩一玩。为了不伤到他，年轻的父亲只能将家里一些易碎和危险的东西往高处藏：放在茶几上的玻璃杯，都被移到了柜子上；摆在桌上的花瓶，被挪到了橱柜顶上；开水瓶被藏在了厨房平台的最里层。可是，这一切反而更激起了孩子的好奇心，年轻的父亲越将东西往高处藏，孩子越想看一看，他趴在桌子或柜子沿上，踮起脚尖，再踮起脚尖，然后，伸手去探，去摸，去捞，去勾……“啪！”一个玻璃杯碎了；“哗啦！”一个装满东西的盒子摔到了地上。年轻的父亲看到孩子的模样，真是又好气又好笑，佯装“严厉”地“警告”他，再这样小心揍屁股。而他从没有因此打过孩子，他怎么能够阻止一颗向往、好奇、长大的心呢？

将家里认真检查了一遍之后，儿子来到客厅，在沙发上坐了下来。老父亲正在看一部重播的古装历史剧，他对这种古装戏其实没什么兴趣，但他还是每晚陪老父亲看上一集。有一次，老父亲对打着盹儿的他说：“你累了，赶紧回去休息吧。”他惊醒了，对老父亲说：“回去只能陪她看煽情的肥皂剧，您就让我在这儿多看一会儿吧。”老父亲乐了：“女人都这样，你娘在世时，不也喜欢看那些电视吗？你要让着点儿她。”儿子点点头。儿子和老父亲，继续有滋有味地看着电视。

若干年前，儿子上中学了，学业越来越紧张，应试、升学，使得儿子和全家人的弦都绷得紧紧的，特别是高考之前那段时间，家里的空气沉闷得就像炸药，随时都会被点爆。人到中年的父亲和母亲，在家里走路，都是踮着脚尖的，生怕轻微的响动，影响了紧张复习的孩子。一次，儿子惊讶地发现，家里的电视机很久都没有打开过了，他问父亲："你们怎么不看电视了啊？"父亲不屑一顾地说："电视节目越来越粗糙，越来越难看，看了就生气，不如不看。"儿子信以为真。直到他高考结束那天，家里的电视机才和父母的笑声一起重新响了起来。

夜慢慢深了。儿子将老父亲搀扶上床，然后，告别老父亲，轻轻带上门，回自己的家去了。

若干年前，每个寒冷的冬夜，父亲都要披衣起床，蹑手蹑脚地走进儿子的房间，将儿子蹬开的被子掖好。儿子翻了个身，又沉入甜甜的、暖暖的梦乡。他不知道这一切。

将母亲“赶”出家门

为了照顾老母亲，我将她老人家从老家的乡下接到了城里，和我们一起生活。没想到，进城后的老母亲却成了孤独的“宅老”。

白天，我们上班的上班，上学的上学，只留下老母亲一个人留守在家里。老母亲一辈子种田，来往的都是熟悉的土生土长的乡里乡亲，陡然进了城，言语不通，习惯不同，老人根本无法融入城里老人的生活中。老母亲成了“宅老”，这可把我们急坏了，得想个办法让老母亲走出家门，不然，时间一久，还不得憋出毛病啊。

可是，怎样才能将老母亲“赶”出家门呢？

我想了个办法，每天让母亲帮我们去农贸市场买买菜。因为不识字，老母亲进城后，很怕单独出门，样子看起来差不多的高楼大厦，总是让她分不清东西南北。而在乡下，老母亲甚至能分辨出我们家的麦子与别人家的麦子都有哪些不同。虽然农贸市场离家并不远，只隔了一个街区，但要让母亲单独去买菜，我还是有点儿不放心。第一天是周六，我陪着母亲去的，帮她认认路。第二天，一早听到开门声，我知道母亲是出门买菜去了，我赶紧起床，悄悄地跟在母亲身后，确认她没有走错路才放心回家。

自从接受了买菜的光荣任务后，每天一早，母亲都拎着菜篮子去买菜。母亲终于走出了家门，这让我们欣喜不已。母亲的精神状态也慢慢好了起来。但是，仅限于买买菜，此外，母亲仍然顽固地“宅”在家里。还得想办法，不但要让母亲走出家门，还要与小区里的其他老年人打成一片才好。

这一次，儿子出了个主意。

儿子有个同学，他家也住在这个小区里。星期六，儿子背起书包，对奶奶说他要去同学家做作业，同学家就住在边上的某幢某号，到吃饭的时间，让奶奶过去喊他一下。我佯装嗔怪他：“打个电话不行吗？还得奶奶亲自登门去喊你啊。”儿子说不知道同学家的电话号码。母亲护着他：“去吧，我到时去喊你就是了。”

快到吃饭时间了，母亲穿戴整齐出门，说是去喊儿子回来。二十多分钟后，只见儿子和他奶奶一起回来了。我问母亲：“怎么这长时间，是不是找错了门啊？”母亲笑着说：“哪里，是孙子同学家的老奶奶客气，拉着我闲聊了一会儿。”母亲的脸上，泛着少有的光芒，“那个老奶奶啊，和我年龄差不多，真当客气呢，还给我泡了新茶，抓了几大把瓜子。我看她平时也是一个人在家，孤孤单单的，我和她约好了，明天再去看看她。”我问母亲：“她的杭州话你能听懂啊？”母亲笑了：“她老家是东北的，说的话跟电视里演小品似的，好听着呢。”说着，母亲忽然转身问儿子，“明天你还去同学家做作业吗？”我和儿子相视一笑。

就这样，母亲和儿子同学的奶奶慢慢熟络起来。一段时间后，儿子一个同学的同学的爷爷奶奶，也加入了进来。在城里生活了半年多的母亲，终于也开始有了自己的圈子。

现在，每天除了帮我们做做家务，母亲的很多时间，都是和小区里的老人们一起度过的。母亲终于被我们成功地“赶”出了家门。经常能够看见，三五个老人，围坐在小区的凉棚里，摘菜，缝补衣裳，嗑瓜子，聊天，带孩子……有时，还能听见老人们哼几曲，其他老人则热烈地鼓掌。如果你听到的是黄梅戏，那一定是我的母亲唱的，黄梅戏，那是我的家乡戏，在这个城市，我已经很久没有听见了，如同乡音，让我如此沉醉。

将父母接到城里过年

父亲给小李打来电话，告诉他，到杭州的火车票买好了，没想到，票很好买，而且有座位，腊月二十七晚上就能到，让他放心。

放下电话，小李笑了，长吁了一口气。

小李在杭州萧山的一家公司打工，已经七八年了。往年，每年春节，他都会回贵州老家，和父母团聚。回家是他一年中最开心的一件事情，却也是令他最头疼的事情，因为火车票太难买了。为了买到一张回家的火车票，每年这时候，他都要漏夜去排队，一排就是十几个小时，却经常还是买不到票。就算买到票了，拥挤不堪的漫长旅途，也是一件非常辛苦的事情。有一年，年前的车票没买着，小李只好买了一张大年三十的车票，那个年，他是在回乡的火车上度过的，直到年初二，才辗转赶回家。

小李发现，春节前，杭州开往贵州方向的火车特别挤，而贵州开往杭州方向的火车却特别空。原因很简单，在东部地区打工的人，都要返乡过年，所以一票难求，而春节之后，外出打工的人又蜂拥而出，于是，从贵州等西部地区开往杭州等东部地区的火车，再次出现高峰。小李想，如果反过来坐车，那不就一点儿也不拥挤了？一个念头冒了出来：何不将老家的父母接到杭州来过年？一来车票好买多了，二来还可以陪父母逛逛西湖，父母这么大岁数了，还从来没有出过远门呢。

他立即给老家的父母打电话，说明了自己的意图。父母开始并不乐意，在老人看来，哪有春节不回家却出远门的呢？小李说服父母，春节是一家人团聚的日子，只要一家人能够团聚在一起，是在老家，还是在其他别的地方，又有什么关系呢。再说，他也打算好了，等在杭州过完了年，好好游玩几天，再一家人返回贵州老家，走走亲戚，看看乡亲。

在小李的说服下，老家的父母终于答应到杭州来，和儿子团聚。这让小李特别开心，也特别轻松。

小李在萧山租的农民房，只有一小间，父母来后，一家三口可能住不下，恰好和他同租的同事小王已经买好了回乡的车票，房子空着，同意借给小李使用。住的问题解决了。房东听说小李要将父母接过来过年，特意将厨房让出一半，留给小李一家使用，还借给了小李几件厨房用品。单位过年照例发了点儿水果和年货，以前小李都不知道怎么处理，只好送给本地的同事，今年，这些年货可以派上用场了。

为了陪父母过好这个年，小李还做了不少功课，比如怎么乘车去游览西湖和岳庙，他还准备陪着父母到附近的绍兴去看看，那里有老父亲特别喜欢的鲁迅的故居。小李很自信，这个春节，父母一定会很开心。

春节的脚步越来越近了，父母就快来了，一想到这些就小李特别激动。他跨上自行车，向小商品市场骑去，他要去买几张年画，将房间布置一下。这个租来的小房间，将是他们一家人今年在一起过年的地方，也就是他们的家呢。

妈妈是什么职业

作文课，题目还是《我的妈妈》。

上一堂课，孩子们已经写过一遍了，老师在批阅了孩子们的作文后，很不满意。因为孩子们的作文大同小异，写的都是自己的妈妈如何勤劳，如何唠叨，完全没有特色。难道在孩子们的心目中，妈妈都是一样的吗？

为了启发孩子们，老师先提了一个问题："你的妈妈从事什么职业？"

一个孩子说："我的妈妈是护士。"另一个孩子说："我的妈妈是机关公务员。"一个女孩子自豪地说："我的妈妈也是老师。"另一个女孩子说："我的妈妈是饭店的服务员。"一个男孩子低声说："我的妈妈是清洁工……"

老师接着又抛出了一个问题："有人说妈妈这个角色本

身就是一个职业，那么，你认为自己的妈妈，更像是哪个职业呢？”

班级里一下子热闹起来。

有个孩子说：“我的妈妈像保姆，做饭、洗衣服、搞卫生，家务活儿她差不多一个人承包了，我要是找不到什么东西，问妈妈，她马上就能找到。有一次，妈妈出差好几天，我和爸爸只能天天吃快餐，我觉得，我和爸爸真是一天也离不开妈妈。”

一个男孩子站起来说：“我的妈妈像侦探，而且是神探。”

老师笑着说：“举个例子。”

男孩子想了想说：“有一次，妈妈和爸爸一起出去了，让我一个人在家里做作业，我偷看了一会儿电视，不过，在他们回来之前，我就溜回房间继续做作业了。但妈妈一回来，还是发觉我偷看过电视了，因为她摸了摸电视机，发现机身是热的。还有一次，也是我一个人在家，我又忍不住打开了电视，这一次，在他们回来之前的半个小时，我就关了电视机。我想，这样机身就不会是热的了，妈妈也就不会发现我偷看过电视了。”男孩顿了顿，接着说，“可是，妈妈还是认定了我看过电视，我当然拒不承认，妈妈严厉地说：‘你不但偷看了电视，还撒了谎。’我故作镇静，反问妈妈有什么证据。妈妈说：‘电视机的遥控器原来是横着放的，现在是竖着放的，这就是证据。’我哑口无言了。你们说我妈妈是不是大神探？”

同学们笑翻了。

一个女孩子说 :“我觉得我的妈妈像魔术师。”

魔术师？孩子们全都好奇地竖起了耳朵。

女孩子说 :“她总能变出很多东西。我的毛衣被虫子咬了一个小洞，那是我最喜欢的一件毛衣了，我很伤心。妈妈说 :‘我帮你补一补。’我才不想穿补过的衣服呢。第二天，妈妈将那件毛衣拿给我，我一看，咦，小洞怎么没了，却多了一朵小花。原来是妈妈一针一线，将小洞变成了一朵花。还有一回，我们一家人从外面玩回来，爸爸说 :‘早上没买菜，我们去外面吃饭吧。’妈妈到厨房转了一圈，说 :‘外面吃不卫生，还是在家里吃吧，我自有办法。’一会儿之后，桌子上就摆出了三四道菜，连爸爸都赞叹，妈妈真像一位魔术师。”

受到了前面几个孩子的启发，孩子们叽叽喳喳地描述着各自妈妈神奇的故事——

有个孩子说 :“我的妈妈虽然只是一个公司的小职员，但她是我们家里的大领导，她总是对我和爸爸发号施令，我们家的大事小事，都听她的。”

另一个孩子说 :“我的妈妈像一个演员，特别爱臭美，而且，刚刚还哭得稀里哗啦，爸爸哄一哄，转眼又破涕为笑。妈妈对我更像是变色龙，说变就变。有一次，我考试考了九十八分，妈妈笑眯眯夸奖了我，可是，一转眼，脸色就变了，因为她听说楼下的小华考了一百分。”

有人说 :“我的妈妈像老师，好像她什么都懂。”

有人说 :“我的妈妈像保镖，总是保护着我。”

有人说："我的妈妈像医生，我哪里不舒服，她都马上能看出来。"有人说："我的妈妈像个跟班，老是跟在我身后，生怕我丢失了似的……"

老师说："我们的妈妈是多么不同，多么有趣，多么可爱啊，可为什么在我们的笔下，妈妈却都只是勤劳、爱唠叨的单调形象呢？那是因为，我们缺少对自己妈妈的了解，还没有真正认识自己的妈妈。其实，每一位妈妈都是不同的，就像同学们刚才说的那样，妈妈像侦探，又像保姆，还像魔术师……但天下的妈妈又都是一样的，那就是对我们无私的爱以及无微不至的呵护。"

孩子们安静下来，低下头开始写作文。老师欣慰地笑了。

我觉得，这不仅是一次成功的作文课，也是一次生动的人生教育课。只有真正认识、了解自己的妈妈，才能懂得妈妈言行背后的良苦用心，作文才有话可写，孩子们才能感知到母爱，也才懂得感恩。

为什么妈妈吃什么都香

老师布置了一篇作文，写一写自己的妈妈。在开始写作文之前，老师问了孩子们几个问题，以启发大家。其中一个问题是：你的妈妈有什么与众不同的地方？

“我的妈妈很唠叨。”“我的妈妈爱打扮。”“我的妈妈很辛苦……”孩子们叽叽喳喳地议论开了。

其中一个男孩子举手说：“我的妈妈特别能吃，她吃什么东西似乎都特别香。”

孩子们都哈哈大笑起来。“那说明你的妈妈是个‘贪吃包’呗。”笑得最厉害的一个孩子不屑地说。

老师制止了他：“不能这样取笑同学的妈妈，这是不礼貌的。”

老师将目光转向男孩。男孩胖胖的，性格好，学习也不错，但就是有一个毛病，吃饭的时候特别挑食。学生们都是在班级里集体吃中饭的，为了保证孩子们的营养，学校一周五天的配菜都是不同的，老师发现，这个男孩子却只吃荤菜，搭配的蔬菜基本上动都不动。老师为此找他谈过话，告诉他，只吃荤菜不吃蔬菜对身体不好。男孩回答说："但我就是不爱吃蔬菜，没滋味，咽不下。"

老师问男孩："你们家谁做饭？"

"妈妈。"男孩回答说。

"那你妈妈做的饭菜好吃吗？"老师又问。

男孩想了想，回答说："妈妈做的菜，有些好吃，有些不好吃，最好吃的菜是红烧肉，还有红烧排骨、炸牛肉什么的，也都特别好吃。"老师听出来了，这孩子在家里与在学校一样，只爱吃荤菜。

"你妈妈平时不烧蔬菜吗？"老师好奇地问。

"做啊。我最不爱吃蔬菜了，但她偏偏每次都烧好几样蔬菜，而且……"男孩突然停下不说了。

老师示意他继续说下去。犹疑了一下，男孩接着说："而且，她好像特别爱吃蔬菜，她吃得最香的，就是各种各样的蔬菜。"顿了顿，男孩又补充了一句，"而我最爱吃的红烧肉，她却不肯天天做。"男孩有点儿委屈地说，"我觉得妈妈有点儿自私。"

爱吃蔬菜，这是个好习惯啊。老师有点儿想不明白，为什么妈妈喜欢吃蔬菜，孩子却只拣荤菜吃。这里面一定另有原因。老师问孩子："那么，你知道妈妈为什么喜欢吃蔬菜吗？"

男孩想了想说："我也不懂啊，可能是她觉得吃蔬菜对身体有益吧。但是，听外婆说过，妈妈年轻的时候，也不怎么喜欢吃蔬菜，后来不知道怎么了，就特别喜欢吃蔬菜了，而且，每次我们一家人坐在餐桌上吃饭时，她吃菜的样子还特别夸张，夹一口蔬菜，吧唧吧唧，似乎很香。有时候，我被她的馋样给诱惑了，也夹一口那道蔬菜，一吃，也不怎么香啊。真不明白，为什么蔬菜到了她口中，就那么香，那么有味道。"

听了男孩的话，老师骤然明白了。老师也有孩子，身为母亲，她也总是希望自己的孩子能吃得好一点儿，身体健康一点儿，她的孩子也有男孩一样的毛病，就是不怎么喜欢吃蔬菜。为了让孩子能多吃几口蔬菜，她想过很多办法，除了告诉孩子多吃蔬菜的好处，吃饭的时候，她也会"以身作则"，自己多吃蔬菜。而且吃蔬菜的时候，都表现出非常好吃的样子，虽然有的蔬菜，她自己事实上也并不怎么喜欢吃。可是，为了给孩子示范，让孩子产生食欲，她也总是尽可能地表现出吃什么都很香的样子。

男孩的母亲，为了孩子，真是一片苦心啊。对此，老师深深地感同身受。可是，父母的心意，孩子却未必能够感受得到，就像这个男孩，反而因为母亲不经常给他做爱吃的红烧肉，而觉得母亲自私。因为未能理解父母的良苦用心，孩子们对父母的管教，就可能不愿遵从；对父母爱的付出，就可能无法体会。反映在作文上，就是孩子们看见的、写出的往往都是表象，而写不出自己母亲身上真正的闪光点，缺少真实的感情流露。老师觉得，很多时候，学生能否写出真情实感的作文，根子其实不是会不会写作文，而是有没有敏锐的观察能力，有没有一颗感恩之心啊。

老师转身面向大家，她决定这一课，不是具体地教孩子们怎样去写作文，也不是单纯地去教他们怎么写自己的母亲，而是启发孩子们，体会到父母为他们所做的一切以及那背后的良苦用心和炽热的爱。她觉得，唯有让孩子们理解了父母无私的付出，他们才能理解并接纳这份爱，懂得感恩，懂得回报，也才能写出诚挚感人的作文。

是的，她要大声地告诉那个男孩，也告诉她所有的学生，男孩的妈妈为什么吃什么都那么香。原因很简单，因为爱。

妈妈喜欢吃什么

在开始写作文前，老师让孩子们先想一想，自己的妈妈喜欢吃什么。

一个孩子站起来说：“我的妈妈喜欢吃蛋白，不喜欢吃蛋黄。”孩子举例说，他妈妈每天早晨都会煮三个鸡蛋，爸爸妈妈和他每人一个。但是，妈妈总是和他合吃两个鸡蛋。

“怎么合吃？”老师好奇地问。

孩子说：“妈妈会把两个鸡蛋的蛋白都吃了，留下两个黄澄澄、圆乎乎的蛋黄给他。”

原来是这样合吃。老师问他：“那你喜欢吃蛋白，还是喜欢吃蛋黄？”

孩子回答：“我喜欢吃蛋黄。蛋黄香喷喷的，蛋白一点儿滋味也没有。我平时都不吃蛋白的。”

老师点点头，又问孩子："那你知道为什么妈妈喜欢吃蛋白吗？"

孩子摇摇头。

老师说："很简单，不是因为妈妈爱吃蛋白，而是因为你喜欢吃蛋黄。"

孩子若有所思地点点头。

一个女孩接着说："我妈妈喜欢吃鱼，我和爸爸也喜欢吃鱼，所以，我们家几乎天天都吃鱼。"

老师赞许地点点头："鱼确实是个好东西，营养价值很高，而且脂肪含量少。"顿了顿，老师问女孩，"那你喜欢吃鱼的哪一部分？"

女孩说："我喜欢吃鱼肚子，因为，鱼肚子上的鱼刺最少了，不会被鱼刺卡着喉咙，而且鱼肚子上的肉特别鲜嫩。"

"确实是这样。"老师继续问女孩，"那你注意到妈妈喜欢吃鱼的哪一部分吗？"

女孩想了想说："妈妈好像更喜欢吃鱼头和鱼尾巴。有时候，我回家晚了，爸爸妈妈都吃过饭了，留给我的鱼往往只剩下鱼肚子。"

女孩旁边的一个孩子接茬说："我们家吃鱼是这样的，爸爸爱吃鱼头，妈妈爱吃鱼背，我爱吃鱼肚子。"

老师笑笑："你们有没有想过，为什么你们喜欢吃的鱼肚子，爸爸妈妈偏偏好像都不喜欢呢。"

两个孩子都摇了摇头。

老师说："那是因为你们喜欢吃鱼肚子。"

老师的话，启发了孩子们。

一个胖男孩说：“家里的剩菜，妈妈下一顿拿出来热热又吃了，还总是她自己吃，从不让我动筷子，我还以为是妈妈特别喜欢吃剩菜呢。”

哪有人喜欢吃剩菜的？同学们都笑起来。胖男孩子继续说：“现在我明白了，是妈妈怕浪费舍不得倒，又担心我吃了会对身体不好，所以，才总是她自己吃，而坚决不让我吃。”

另一个男孩接着说：“我喜欢吃肉，但是，不喜欢吃肉皮，我干脆把肉皮咬下来吐掉。后来，妈妈总是先把肉皮咬下来自己吃了，再把肉夹给我。现在，我明白了，妈妈不是喜欢吃肉皮，而是因为我不喜欢肉皮啊。”

孩子们叽叽喳喳地议论开了——

一个孩子说：“秋天吃螃蟹时，妈妈总是喜欢将我扔在桌上的蟹爪再一只只捡起来啃，我还以为她是喜欢啃蟹爪，不喜欢吃蟹肉和蟹黄呢。现在我明白了，妈妈是希望我多吃一点儿蟹肉和蟹黄啊。”

一个孩子说：“我们一家人在一起吃甘蔗时，妈妈总是拣蔗头和蔗根吃，她是把最难吃的都吃了，而留下最甜的部分，给我和爸爸。”

一个孩子说：“吃苹果时，妈妈总是把又红又大的苹果削给我吃，而她自己吃的，则总是被挖了一个个小坑，显然是有点儿烂的苹果。”

一个孩子说：“我发现，只要是我喜欢吃的，妈妈好像都不喜欢……”

老师说："妈妈与我们并没有什么不同，她当然也喜欢吃好吃的、新鲜的、有营养的东西。但是，当妈妈和我们共享一盘食物的时候，你不喜欢的，你吃了可能有危害或小小的危险的，妈妈都吃了。她吃了，不是因为她喜欢，而很可能仅仅因为是我们不喜欢。妈妈为什么这么做？很简单，因为她对我们无私的爱。"老师环视一下大家，接着说，"我们现在开始写作文，题目就叫'妈妈喜欢吃什么'。"

孩子们兴奋地打开作文簿，安静的教室里，只听见唰唰的笔声。

老母亲的第一次

因为路上遇堵，值机时间快到了，所以，一下车，我就拖着行李箱急匆匆地走进候机大厅。回头一看，母亲却没跟上。赶紧又回头找母亲，她拎着布袋子，不知所措地站在候机厅的玻璃门外。看见我，母亲讪笑道："一睁眼你就不见了，这都是玻璃窗户，你怎么走进去的？"我告诉母亲："这是感应门，你走近一点儿它就会自动打开的。时间来不及了，我们赶紧进去吧。"

母亲歉疚地点点头："那我们快点儿，我跟紧你。"

还好，候机厅显示屏告示，我们的航班晚点了。我对母亲说："你就在附近找个位子坐一下，我先去上个厕所。"等我上完厕所回来，看见母亲茫然地站在原地，一动未动。我指指边上立柱下的空座位，问她为什么不去坐一坐。母亲喃

喃地说 :“里面这么大，我怕一走开，你回头找不到我了。”

我的心一紧，忽然意识到，这是母亲第一次出远门，第一次坐飞机。

母亲已经七十多岁了，我在杭州工作十几年，母亲来过几次，但每次都是应我的要求，来帮我们临时照顾孩子的，除了带她老人家到西湖边玩过一次，她几乎没走出过我们小区。这一次，我就是特地带母亲坐飞机去厦门旅游的。

排队过安检时，母亲一直拽着我的背包带，仿佛一松手，我就会消失在茫茫人海似的。到了安检口，我对母亲说 :“安检必须一个人一个人来，要不你在我前面进安检口？”母亲不安地说 :“我、我不会啊。”我把登机牌和身份证交给母亲，告诉她，只要把这两样东西交给安检员就可以了。母亲犹豫了一会儿，说 :“那、那还是你先进去吧，我看看你是怎么做的。”又加了一句，“进去后你要等着我啊。”

我的鼻子忽然有点儿发酸。母亲虽然不识字，但在我们老家村子里，她算是非常能干的妇女，什么农活儿、重活儿，都是一把好手。记得小时候，母亲第一次带我上几十里外的县城赶集，那是我小时候见过的最大的市面，我亦步亦趋地跟在她身后，生怕走丢了，对她崇拜得不得了。一转眼，母亲老了。

登上飞机，母亲混浊的眼睛里，不时流露出惊讶之神，但我看得出她努力抑制着，没表现出来。母亲年轻时就好面子，我知道她是怕显露出来，显得自己很没见识，而丢了身边儿子的脸。

空姐在发放食物了。空姐问母亲，是吃面条，还是米饭。母亲看看空姐，又看看我，忽然摇摇头。我们一早出门，没来得及吃东西，我知道母亲其实饿了，于是替母亲要了一份面条，她爱吃面条。等空姐走远了，母亲轻声责怪我："飞机上的东西很贵吧。"我轻声告诉她："这是免费的。"母亲这才释然。

下了飞机，母亲回头看了一眼，兴奋地对我说："没想到这么一大把岁数了，还坐上了飞机，我们村里，还没哪个老太太坐过飞机呢。"老母亲的喜悦溢于言表。

母亲没有想到，我也没有想到，接下来的几天旅程，母亲经历了自己人生中的一个又一个第一次。

出发之前，我就在网上预订了一家海滨酒店，四星级的。跨进酒店金碧辉煌的大堂，母亲小心翼翼地问："我们住这儿？"我点点头。母亲一听，拉着我就往外走，嘴里还说着："太贵了，我们找家小旅馆住就可以了。"我告诉母亲，钱已经付了，而且，网上订的也不算贵。母亲极不情愿地住下了。在房间里，母亲轻柔地抚摸着洁白的床单，笑着说："这是娘这辈子住过的最好的旅馆，睡过最软的床了。"她的语气，既自豪，又心疼。

出酒店不远，就是厦门海湾，站在蔚蓝的大海边，母亲激动地说："这就是大海吗？"我点点头，告诉她，这里看到的是海湾，再外面就是茫茫大海了。"海真大啊，水真蓝啊，跟电视上看到的一样。"母亲喃喃地说，"我看到真大海了，回去我要告诉你张婶、李大妈，大海是什么样子的，她们这辈子是看不到大海了。”

担心母亲吃不惯海鲜，晚餐时，我只点了豆腐鱼和海瓜子。母亲尝了一口豆腐鱼，嘬嘬嘴，评价说：“有点儿腥，但肉真嫩啊。”我又盛了一勺海瓜子放在她餐盘里，母亲好奇地问：“这叫什么？”我告诉她是海瓜子。母亲笑了：“海里也长向日葵吗？”我也笑了，没想到老母亲有时候也挺幽默呢。

母亲竟然吃得下海鲜，接下来的几天，我特地每餐都点几种不同的海鲜。大部分我都吃过，但母亲都是第一次吃。看到母亲吃得有滋有味的样子，我总是一次次想起自己小时候，母亲去镇上赶集，每次都会给我们兄妹几个带回一点儿好吃的，因而每次只要母亲去赶集，我们都会眼巴巴地等着她回来。

除了坐火车从安徽老家到杭州，母亲这辈子没有出过远门。厦门，是她走过的最远的地方了，也是七十多岁的她第一次真正出门旅游。一路上，看到的，吃到的，听到的，玩到的，对她来说，都是第一次。在离开厦门前的一个晚上，母亲忽然重重地叹了口气，我以为她哪里不舒服，母亲幽幽地说：“要是你爸还活着，也看到这些，该多好啊。”又笑笑说，“回去就是马上死了，也值得了。”

那一刻，我的眼泪夺眶而出。

父亲送我去上学

父亲说："你马上要读三年级了，要到邻村去上学了。"

我茫然地点点头，心中满是期待和惶恐。

我已在村中的小学读了两年，说是小学，其实就是一个老师，有时有五六个，有时又变成七八个学生，他家的堂屋就是我们的教室。老师基本上是赤着脚给我们上课，倒不是他没有鞋，而是因为赶上农忙的时候，他得一边给我们上课，一边随时准备下地干活儿。他和我们的父母一样，是农民，唯一不同的是，他是村里识字最多的农民。但他识的字，也只够教我们到二年级，三年级，我们就必须到邻村去上学了，听说那里有我们这一带识字最多的人。

开学了，父亲送我去邻村小学报到。那是父亲第一次送我去上学，也是唯一一次。

天下着小雨。

邻村并不远，相距不到两公里，但没有路，只有连着庄稼地的田埂。农村的孩子，走惯了这种没有路的路。我们虽然还没有下地干过农活儿，但哪块地是咱们村的，哪块地是种什么的，我们都一清二楚。走在自己村的庄稼地里，有一种特别的亲切感。

我差不多是一路跑在前面。雨天，田埂又窄又滑，空气里弥散着那个年代才有的清新的气息。

一块地里种着水稻，另一块地里，还是种着水稻。你能看出它们的不同吗？你不能，因为你不是农民。但一个农民就能轻易地分出它们的不同来，就像我身后的父亲，他会突然停下来，一脚踏进水稻田里，将一株水稻连根拔出来。你以为那是水稻？不，那是稗子。奇怪的很，稗子总是比水稻长得高，它们总能从土地里攫取更多的营养。

一路上，我没和父亲说过一句话，也许说过什么，但我忘了。比如，也许就是那一次，他告诉过我，怎么去分辨一株藏在水稻里的稗子。我能认识稗子，一定是从父亲那儿学来的，就像我弄懂的很多东西，都源自我的父亲，但我并不记得，他是什么时候教会我这一切的。

但很快，我放慢了脚步，或者干脆停了下来，不安地等待身后的父亲。因为，我已经走到我们村最后一块地的边缘了。紧挨着我们村这块地的是邻村的庄稼地。它们看起来并没有什么不同，而且，种的也是水稻。但它是不一样的，它不再是我熟悉的事物。我小时候，放过牛，放过鹅，打过猪草，但都是在我们村的地头。你在自己村里的地里打滚，不会有人管你，但一个陌生的孩子闯进别村的庄稼地，就会引人疑虑。

父亲一把拉住了我的手。

直到今天，我印象仍深刻。父亲的手，粗糙，厚实，有力，温暖。自那之后，父亲再没有拉过我的手，或者拉过，我却不记得了。我安静地跟在父亲身后，向邻村走去。

从那天开始，我三年级了。

那是我第一次离开自己的村庄。

那也是我至今清晰地记得的，唯一一个新学期。此后，我去读镇里的小学，念县城的中学，上省城的大学，无数个新学期，却都印象模糊。

那也是我的父亲唯一一次送我去上学。我的农民父亲，只能送我这么远了，他紧紧地拉着我的手，然后，慢慢放开，目送我越走越远，越走越远。

孝 绳

偶尔看到一张获奖的新闻照片，心为之一动。

他 70 多岁了，是个典型的农村老汉。不过，在 101 岁的老母亲面前，他还是个孩子。

白天他要下地干活儿，还要兼打一些零工，很累。晚上回到家，倒头就能睡着，而且，总是睡得很沉。但他又不敢睡得太死，因为 101 岁的老母亲夜里要经常起来上厕所。老母亲的眼睛已经差不多全瞎了，夜里更是什么也看不见。这要万一摔上一跤，那可不是闹着玩的。他叮嘱老母亲，夜里起来上厕所时，一定一定要喊醒他。从很久以前开始，他就在老母亲的床边，又支了一张床，自己睡，方便夜里照顾老母亲。

也不知道是老母亲舍不得喊醒他，还是喊了他却因睡得太沉没听见，老母亲夜里常常自己爬起来，摸索着去厕所。

这让他既自责，又担忧。

他想了个土办法。

他找来一根绳子，一头拴在老母亲的床头，老母亲伸手就能拉到绳子。而绳子的另一头，则系在他的手腕上。这样，老母亲只要拉一拉绳子，就一定能把他拉醒。

晚上，他安顿好老母亲就寝，把绳子的一头拴在老母亲的床头，另一头紧紧地系在自己的手腕上，然后，才熄灯睡觉。每天都是如此。

夜里，手腕上的绳子动了，他立即惊醒，开灯，起床，解开手腕上的绳子，扶起老母亲，搀她到卫生间。等老母亲方便好了，再搀扶回床上休息，然后把绳子系在自己的手腕上，才躺下睡觉。

一夜好几次，每一次，都是同样的程序。

他的夜，都是断断续续的，就像他的睡眠一样。哪怕老母亲最后一次上厕所时天都快亮了，只要自己还躺上床，还合上眼，眯一会儿，他就一定不忘把绳子的另一头系在自己的手腕上。直到早晨起床后，才把手腕上的绳子松开。早晨，他的手腕上，总是会被勒出一道浅浅的血痕。

每天晚上都是这样。

记者拍摄的那张照片，只是记录了某一个晚上的场景：老母亲安详地躺在床上，他弯着腰拴绳子。那根不长的红绳子，在他和老母亲之间，晃悠着。村民们都知道那根红绳子的故事，他们亲切地唤那根红绳子叫“孝绳”。

孝绳，那是母子之间多牢固的一根纽带啊。

第三章

距离从来不是爱情的问题

善遇见良

选择在 5 月 20 日这天结婚的人很多，但这一对，特别令人动容。

他们的结识很偶然。

三年前的 5 月 20 日，他和她同时坐上一辆公交车，座位是相向的，面对面，车上人很多，他们谁也没有注意谁。

这时候，上来了一位白发苍苍的老太太。他赶紧站起来让座，她也站起来让座。两个小年轻同时让座，倒让老太太有点儿两难，不知道坐谁的座位好了。他看看她，说："你的鞋跟高，站着吃力，还是我让座吧。"

她的脸微微红了，没想到眼前的这个小伙子还这么心细。

老太太坐下后，瞅瞅他俩，由衷地赞叹："你俩都这么有爱心，真般配哦。"

这下，他的脸也红了，连忙向老太太解释，他们不是男女朋友，事实上，他们根本就不认识呢。

他们的座位就在司机身后，司机显然也注意到了这一幕，热心的司机扭头对他们说："你们这么有缘分，那就认识一下呗。"

他有点儿害羞地掏出了一张名片，双手递给她。他是一家公司的业务员，刚工作不久，还很生涩，很腼腆，名片是为方便客户联系用的，几乎没给过别的什么人。

她大方地接了过来。

他们没有更多的交流，因为，很快，他就到站下车了。

但故事没有结束。因为有了那张名片，她和他联系上了，互加了微信，他们聊得很投入。他喜欢上了她，她也爱上了他。

他们坠入了爱河，成了一对甜蜜幸福的男女朋友。三年后的 5 月 20 日，也就是他们相识的纪念日，他们结婚了。

这是一个简单而感人的爱情故事。

如果没有那张名片，他们会像很多路人一样，擦肩而过，这一生，恐怕再也没有机会见面和认识。

如果没有热心司机的那句话，腼腆内向的他，绝不好意思主动递上名片，搭识她。

如果没有老太太好心的误解，他和她恐怕都没机会搭茬儿，说上话。

如果她没有穿高跟鞋，如果他不是细心地发现，并因而执意自己让座，他们也许谁也不会注意到同车的另一个陌生人……

没错，在这个爱情故事里，有很多不确定的“如果”。但如果只是他让座，或者只是她让座，接下来，就什么也不会发生。对，一切的机缘，就在于他是个爱心男孩，她是个爱心女孩，当他们同时站起来，主动为一位白发苍苍的老人让座，当善遇见了良，一场并不轰轰烈烈但温馨感人的爱情故事，也就此拉开了它美丽的序幕。

缘分有很多种，在我看来，善遇见良是最美的缘分。

爱与尊严

朋友问她："今天就是最后一天了，如果他准时出现在楼下，你会答应他，做他的女朋友吗？"

这是她和他的一个"约定"。他和她，偶然相识，他爱上了她，对她展开攻势，穷追不舍，甚至有点儿死缠烂打，大有不达目的誓不罢休的劲头。但是，她不喜欢这样的方式，而且，她也不能确定，以他这样火热的性格，到底是真的爱她，还是只是一时冲动。所以，她一次次拒绝了他，有时语言甚至很生硬、很过分，但他一点儿不气馁，继续想尽一切办法接近她、讨好她。

她简直有点儿不胜其烦了。她托人转告他，如果真的爱她，那么，就证明给她看，每天晚上 7 点，到她宿舍楼下站半个小时，连续 100 天。而别的时间，请不要来骚扰她。

他竟然答应了。

第一天，吃过晚饭，她在宿舍里看书，同寝室的姐妹喊她："快看，他真的来了，就站在树底下呢。"

她探头看了看，还真是他。她咧嘴淡淡地笑了笑："管他呢。"

一连一个星期，他都准时出现，站在大树下，有时就那么笔直地站着，有时则绕着大树转几圈，有时又仰起脖子，望一眼她宿舍的方向。"看你能坚持几天。"她心里想。

那天，下了一天的雨，到了晚上，雨下得更大，风也更急了。

7 点，大树下，又出现了那个熟悉的身影。是他，斜撑着一把伞，被风刮得都有点儿变形了。姐妹说："这么大的雨，估计他半身都要淋湿了，要不，喊他一声，今天就不用站半小时了吧？"她没想到，这家伙还真倔，大风大雨丝毫也没能阻止他。但是，为什么要喊他呢，又没人强迫他，是他自觉自愿的。

和以往一样，直到 7 点 30 分，他才离开。

还有一次，她们看到，他笔直地站在大树下，几个男同学恰好路过，和他热情地打着招呼，有个男生还试图拽了他几把，似乎是想把他拉走，一起去做什么事。他挣脱了，几个男同学哄笑着走开，他继续站在大树下。夜色下，看不见他的脸色，一定有点儿狼狈吧。但他站立的身影，很坚决。

每天，和《新闻联播》一样准时，他出现在楼下，大树下面。半个小时后，消失在黑夜中，从无例外。

他竟然真有这么大的耐心、恒心，这是她没有料到的，尤其让她意外的是，除了遵守“约定”每天出现在她的楼下，他真的再也没有出现在她的身边，没有表白，没有“骚扰”。这一切，让她的心，“怦怦”地跳动。

时间过得真快，一转眼，99 天就过去了，就差最后一天了。

第 100 天。天公好像也很配合，一扫往日灰蒙蒙的形象，阳光灿烂，空气澄澈，仿佛也是为了来庆祝这个特定的日子似的。

知道这个“约定”的人们，也在关注着最后一个晚上，这个浪漫的时刻。

面对朋友的问题，她显得有点儿紧张、无措。她回答说：“如果他出现，证明他是真的爱我的。但是，但是，”她羞涩而迟疑地说，“我真的不知道，会不会答应做他的女朋友。”

时间一分一秒地过去，快到 7 点了。没有人担心他，那么多个晚上，无论刮风还是下雨，也无论是周末还是假日，他都准时出现在那棵大树下。今天是最后一天了，天气又这么好，他怎么可能会不出现呢？这丝毫也不用担心。人们关注的是，在 7 点 30 分之后，她该怎样应答他。

熟悉的《新闻联播》的音乐响起来了。那棵大树下，空荡荡的，他没有出现，他竟然没有出现！

姐妹们不相信地揉着眼睛。这，怎么可能？

但是，他真的没有出现。

7点零1分，他没来。7点零2分，他还没来。7点零5分，树下依旧是空荡荡的……7点30分了，《新闻联播》都结束了，他还是没有出现。

所有的人都惊呆了。姐妹们冷静下来，想着怎样安慰她。

她拿出手机，找到他的号码。这么多天，他真的遵守约定，没给她打过一个电话，甚至没有一条短信。

姐妹们看着她，不知道她要做什么。打电话骂他一通？

“我决定了。”她对姐妹们说。

有人赶紧劝慰她：“也许他是出现了什么特殊情况，今天才没能来，他都坚持了99天，说明他是真的爱你的，千万不要因为这一点，而放弃了这段感情。”

她埋头在手机上写短信，“嘀”一声，发了出去。

她把手机给姐妹们看，短信是发给他的，只有三个字：我愿意！

试图劝慰她的姐妹们，反而怔住了：“怎么，怎么就同意了呢？”

未等她解释，“咚咚——”有人敲门。

一大束鲜花之后，是他的笑脸……

一年之后，在他们的婚礼上，依然有人好奇地想知道，第100天是怎么回事。她说：“我也是在那天才忽然明白，原来他是用99天来证明爱我，而用最后一天来维护他的尊严和爱的尊严。这样的男人，当然值得去爱。”而他说：“一个懂你的人，才是真爱。”

斑马线上的玫瑰

他和她的相识很巧合。

那天，有人到花店来订花，生日鲜花，6 朵玫瑰，送给马路对面电视台里的一位小伙子。她好奇地问客人：“为什么送 6 朵？”客人解释：“因为今年他 6 岁了啊。”“6 岁？小伙子？”客人笑了：“今天是 2 月 29 日，4 年才有一次 2 月 29 日，他今年 24 岁，不就是 6 岁了嘛。”

她明白了。2 月 29 日的生日，可真够独特的。员工都出去送花了，而客人又要求马上就送，于是，她决定亲自跑一趟。

他和她，就这样认识了。几年之后，她才偶然得知，那次送花，其实是他的一次精心策划，而她，已经做了他 3 年多的女朋友。她捶了他一拳，狠狠地。

他是电视台的热线记者，经常扛着台摄像机四处奔波，出现在突发事件现场，或者帮助老百姓解决一些实际问题。认识他后，她的花店里多了一台电视机，除了看她特别喜爱的韩剧，大部分时间，她都将频道调到他所在的那个电视台，一到热线新闻播出时间，她就会安静地坐在电视机前。他是摄像记者，自己很少在镜头前面露脸，但她知道，摄像机就是他的眼睛，电视里的画面都是他现场拍下来的，她现在看到的，正是他现场拍的。她觉着，自己和他是同一个视角，这使她感到自己和他仿佛总是在一起一样。她喜欢和他在一起的感觉。

下班后，他就会穿过斑马线，来到她的花店，陪她。她的花店和电视台，隔路相望，中间是一条醒目的斑马线。花店的落地玻璃窗，正好对着斑马线，从花店的任何角落，都能够看到斑马线，所以，无论她是在剪花、插花，还是在看电视、发呆，她只要稍微欠欠身，就能看见宽阔的马路和醒目的斑马线。她总是习惯性地瞅瞅斑马线，她对这条斑马线有着特殊的感情，因为它总是将她心爱的人，引领到她的花店前。

有时候，很晚了，他还没有过来，她就会放下手头的活儿，穿过斑马线，来到他们电视台门前。她很少走进去，她知道，他还没有出来，说明他的工作还没有做完，她不想打扰他。她安静地站在电视台大门前，她感觉这样离他近一点儿，他一走出大门，就能够看见她，然后，他拉着她的手，一起穿过斑马线，回到她的花店。

路很宽，车子很多，又没有安装红绿灯，所以，有时穿过斑马线显得非常艰难，呼啸而过的汽车，常常惊得人一身冷汗。那天，他从电视台出来，就看见她蜷缩在风雨中。他嗔怪她："天这么冷，又下着雨，跑过来干什么啊？"她搓搓手，然后拉住他："人家就是想早点儿看到你嘛。"他敞开外衣，一把将她揽入怀中，说："你真是个傻丫头。"他就这样搂着她，穿过斑马线。穿梭而过的汽车，溅起一股股水珠。他对她说："这条路太宽了，不少司机的素质又太低，根本不懂得礼让行人，走斑马线也不安全，今后你不要再过来等我了，好吗？"她看看他，听话地点点头。

日子，就像马路上的汽车，飞驰而过。

天很晚了，她还没有关门，她在等他。她的花店，是这一排店铺中，关门最迟的。这几天，他们电视台在进行一次战役报道，他跟她说过，是配合交警部门整治斑马线管理。她在电视上，已经连续看到一组报道，都是他们电视台在斑马线前的暗访。画面上，斑马线前，很多车呼啸而过，让人心惊胆战。

她知道，这段时间，他们太辛苦了，今天，他又将很迟才能回来吧？

突然，她想起，今天是他的农历生日。2 月 29 日，4 年才有一次，而他农历的生日，每年都有。今年，他已经 29 岁了。他们已经约定好，在他 30 岁前，结婚。

她飞快地挑选了 29 朵玫瑰，修剪，包好。在他娶她之前，她要亲自将他最后一束单身生日鲜花，送到他面前。

电视台楼顶。他和几位同事，守在摄像机前。摄像机正对着楼下马路的斑马线，这是他们的一个暗访点，他们要现场拍摄，到底有多少车，在斑马线前礼让行人。

几个行人穿过马路。一辆公交车缓缓停了下来，而一辆轿车，迟疑了一下，突然加大油门，从行人前面飞过，行人吓得停住了脚步。他气愤地将镜头摇向那辆小轿车，拉近，拍下了车牌号。

当他将镜头摇回斑马线时，一个红影，忽然跳入镜头中。他揉揉眼睛，是她，确实是她，她的手里，捧着一大束鲜红的玫瑰。她慢慢走过斑马线，向电视台这边走来。

又送花，给谁呢？为什么不让店员送呢？真是一个不听话的女孩子。他在心里默默地嘀咕。他拉近镜头，想看真切点儿。他想看看，镜头下，自己的爱人是什么样子的，他还从来没有从镜头里看过她。

突然，一辆越野车，飞快地闯入镜头，他只看到，一束鲜艳的玫瑰，飞向空中……

帮花草转个身

刚放下妻子打来的电话，有人敲门。

“进来！”我没好气地吼了一声。

门打开了，进来的是一个水壶嘴，紧跟着像猫一样走进来一个身影，是园丁老郭师傅。郭师傅小声地说：“我来给花草浇水。”

为了美化环境，单位在每间办公室都放置了几盆花草，每隔几天，郭师傅就负责来养护一次。郭师傅是一家园林公司的园丁。

心情不好，我也懒得和他多话，由他忙去。

我弹出一根烟，点着，深深地吸了一口。最近工作很忙，已经连续加了几个班，手头的事还是没完没了，领导催得跟追命似的。正烦着呢，妻子又打来电话，开口就指责我还要不要家了。这叫什么话？我这样拼命地工作，不就是为了多挣点儿钱，为了生活好一点儿吗？没想到几句话说不到一起，妻子竟然怒气冲冲地挂了电话。

这日子，没法过了。

“我帮你打开窗户，好不好？”郭师傅走到窗口，迟疑地看着我，“烟味儿太重了，伤身体的。”

真是一个多事的老头儿。

没事的时候，偶尔我也会和郭师傅随便聊几句。今天没心情，不想说话。

郭师傅给几个小盆景浇了水，拎着水壶走到我身后，给那盆最大的美人蕉浇水。单位有几盆美人蕉，数我办公室的这株长势最好，肥大的叶子，碧绿碧绿的，压得枝干都快承受不住了。

浇完水，郭师傅看着我说：“你看这些叶子，可有意思了，都朝着窗户，是想阳光了呢。”我回头看看，果然，所有的叶子都努力地向窗户一侧倾斜，几成弓形，姿势很别扭。以前还真没注意过。我站起来，走过去，一把抓住枝干，想将它扶正。

郭师傅连忙制止：“不能硬掰，那会伤它元气的。其实，只要帮它转个身，就可以了。”说着，郭师傅蹲下身，扶着花干，将花盆转了一百八十度，“用不了一两天，所有的叶子就会自动转到另一边去的。”

直起腰，郭师傅拍拍手，忽然说：“小伙子，你有心事啊？”

我点点头："工作忙，和妻子拌了几句嘴，没什么事。"我不想和他探讨我的家事，于是岔开话题，"你家人都还好吧？"

郭师傅叹了口气："老伴几年前就过世了，她跟了我几十年，没过上一天好日子，我对不住她啊。"

我没想到，一句话，竟然勾起了郭师傅的伤心往事。可是，此刻我哪有心情安慰别人啊，我正愁着怎么结束话题时，郭师傅拎起水壶，说道："小伙子，你忙吧，没什么过不了的坎儿。"

走到门口，郭师傅突然回头，指着那盆美人蕉说："记着，隔几天，就给它转个身，每一片叶子都需要阳光啊。"

我呆呆地看着那盆美人蕉，回味着郭师傅的那句话。阳光从窗户斜照进来，刚刚转过身的美人蕉的叶子，在慢慢向窗户的方向转身。我恍然明白：生活何尝不是一株植物？它的每一片叶子，都渴望阳光啊。

我猛地站了起来。已经几天没回家了，我得回去，看看我的亲人们。

备用钥匙

走到家门口，她才沮丧地发现，自己出门时，又忘记带上钥匙了。

她拨通了他的手机："你在家吗？我过来拿那把备用钥匙。"他答应在家等她。幸亏在他那儿放了把备用钥匙。她想。

他是她的前夫，他们在一起生活了五年多。有一天，她忽然发现，自己和他在一起生活太平淡、太单调、太沉闷、太没有激情。这不是她想要过的生活。没有争吵，甚至没有理由，他们离婚了。

打的去他住处的路上，她越想越生气，和他在一起生活了五年，养成了她一大堆毛病。自从结婚后，每次和他一起出门，都是他记着带钥匙，她从来不用操这个心；出门乘车，都是他买票；下饭店，都是他点菜、结账；到商场购物，都是他拿着小票到收银台付钱；出去旅游，也都是他安排线路，预订宾馆……这一切的一切，造成的恶果是，现在她出门，总是忘记带钥匙；一个人到饭店吃饭，都不知道点什么菜；出门旅游，不知道怎么预订宾馆，不知道怎么游玩，经常迷路，甚至在机场都不知道怎么换机票。这都是他一手造成的，她坚定地认为，这肯定是他的一个阴谋，他存心害她。

她刚敲门，门就打开了，好像他一直就埋伏在门边似的。这让她很讨厌，他好像总是很周到、很体贴，就像她远在老家的父母，体贴、唠叨、琐碎，可那是亲情，不是爱情。本来她不想再和他有什么瓜葛，可是，在这个异地他乡，她没什么知心朋友，备用钥匙放在他这儿，也比放在别的地方，让人放心。是的，如果说他还有什么优点的话，让人放心，就是他唯一的优点。好在他还没有重新成立家庭，备用钥匙还可以继续放在这儿。

他将一把钥匙递给她，轻声问："进来坐坐吗？"

她摇了摇头，她只想尽快拿走钥匙，回到自己的家。

自从离婚后，她都没怎么收拾家了，家里乱得就跟猪窝似的。这天是星期天，没什么事情，她决定将家拾掇拾掇。

散乱的衣服、杂志、鞋子、化妆品、发卡，到处都是，她发现重新单身后，自己的生活变得灰头土脸，不但没有找到什么激情，连日常生活都混乱不堪了，她奇怪自己怎么会变得如此邋遢、颓废。

一收拾，让她大吃一惊，在梳妆盒里，翻出了三把钥匙；书桌的抽屉里，找到两把钥匙；餐桌上，摆着两把钥匙；门边的鞋柜上，放着一把钥匙。数一数，竟然多达十二把。她将这些钥匙和刚刚从他那儿拿来开门的备用钥匙一比较，一模一样。这是怎么回事？

她想起来了，每次忘记带钥匙，她都上他那儿去拿备用钥匙，而备用钥匙用过之后，她随手就扔到了家中的某个角落，从来没有再给他送过去。可是，自己当初只给了他一把备用钥匙啊，那么，每次怎么都能从他那儿拿回一把备用钥匙呢？她恍然大悟。

看着那一大把家门钥匙，她想了很久，很久。

她拨通了他的手机，脱口而出："你可以回家来一趟吗？"说出这句话，连她自己都吃了一惊。这怎么听起来似乎是在暗示什么啊。电话那头是短暂的沉默，紧接着，传来他迫切的、有点儿颤抖的声音："好的，我马上就过来。"

"记着，把所有的备用钥匙都带回来啊。"她温柔地加了一句。

他很快就到了。他的手上，拿着一大串钥匙。

她看着他，又看看他手上的那串钥匙，突然，伸出双手，拳头像雨点一样落在他的身上："你太狡猾了，太可恶了，离婚了，你都让我无法离开你！"

他轻声解释道："我知道你出门没有带钥匙的习惯，所以，你将那把备用钥匙交给我后，我就悄悄去配了三十把，这样，你每次忘记带钥匙，就不用担心了。可我没想到，你的忘性也太大了，才三个月，你就拿走了十二把钥匙，每次拿走又不送回来，这样下去，得要多少把备用钥匙啊。"

她一把抱住了他，轻声说："你搬回来吧，我不想每次都上你那儿拿钥匙了。如果你愿意，今后还是你带钥匙，好吗？"

他手上的那串钥匙，因为他们激烈的拥抱，而发出叮叮当当悦耳的声音。

背靠背

婚礼仪式进入了高潮。

司仪请新郎和新娘背靠背站着，说：“最后，我们请新郎和新娘同时回答几个问题，如果回答是自己，就指着自己的鼻子；如果回答是对方，就用手向背后指指。”

新郎和新娘，微笑地点点头。

“第一个问题：你们两个，当初谁主动追对方的？”

新郎毫不犹豫地指着自己的鼻子，新娘则有点儿害羞地用手指指背后。

回答一致，宴会厅响起一片掌声。

“第二个问题：从今以后，你们就是夫妻了，将在一起生活一辈子，那么，今后你们谁管钱？”

呵呵，这可是个敏感的问题。司仪抛出了第一枚重磅炸弹。大家都屏住呼吸，等待着这对新人的回答。

还是新郎先抬起了手，指着自己的背后。新娘也抬起了手，似乎有点儿犹豫，最后，她将手指落在了自己的鼻尖上。

“其实，一个家庭谁当家理财并不重要，重要的是两个人能够互敬互爱互谅，共同建设好自己的小家庭。”司仪提议来宾同时举杯，祝贺这对新人。

在舒缓的乐曲声中，司仪问了第三个问题：“爱情是温馨浪漫的，而现实生活却充斥着油盐酱醋、鸡毛蒜皮的琐碎小事，你们能告诉在座的亲朋好友，在今后的生活中，家务活儿谁来做吗？”

又是一个棘手的话题。多少看起来美满幸福的家庭，最终因为一些小事而争吵不休，甚至破碎了啊。

这次是新娘先举起了手，纤纤手指，准确地落在了自己的鼻尖上。

新郎也抬起了手，却奇怪地停在空中，不知道是犹豫，还是在卖什么关子。

所有的眼睛都盯着他的手指。

他用手指在空中慢慢画了个圈，最后，坚决地落在了自己的鼻子上。

大厅里响起热烈的掌声。

司仪继续提问……

这是我刚刚参加的一场婚礼，新郎是我的堂弟。大学毕业后，堂弟一个人从舟山到上海闯荡，其中的艰辛可想而知。一次见面，他告诉我，他已经幸运地遇见了一个可爱的上海女孩，那是他下决心立足上海的全部动力。苦恋四年，他们终于走到了一起。

“最后我再问新郎新娘一个问题，如果发生矛盾，闹不愉快了，你们两个，谁先发出和解的信号？”

新郎和新娘背靠着背，仿佛是心有灵犀，他们同时抬起了手，又同时干脆地、稳稳地指着自己的鼻子。他们脸上的笑容，如此灿烂。

背靠背没关系，只要心永远连在一起。

不让你离开

他八十九岁，她八十七岁，他们已经在一起生活了六十四年。四年前她被诊断出患有阿尔茨海默病，她卧床不起，并且忘记了一切，连他都不认得了。现在，也许到该说再见的时候了，死亡在一次次向她招手。而他用老榆树皮一样疙疙瘩瘩的手，无力但坚定地拉着她，不让她离开。

他们是一对阿根廷老夫妇，他们的孙子，一名自由摄影师，用镜头将他们的日常生活记录了下来。在互联网上，我通过几十张照片，看到并认识了他们。我被他们的生活震撼、打动。

所有的照片，都是在他们的家中拍的。卧室、客厅、厨房和卫生间，家是唯一的背景。四年来，她再也没有离开这个家半步，而他为了照顾她，也从没有走出这个家门。

一张照片，是他端着一盘食物，走向卧室。他身边衣柜的镜子里，映出蜷缩在床上的她。她已经瘦弱得不成样子了，脑袋软绵绵地倒向一边，但她的眼睛，却一直没有离开过门的方向。也许对她来说，在他离开她身边，去厨房为她做饭的这段时间，如此漫长，长到她似乎再也等不及。幸好他颤颤巍巍地出现在了门口，而且手中端着她最喜爱，也是唯一能够咽下去的食物。

另一张照片，是他站在床头，喂她吃饭。他一只手端着盘子，另一只手将面包（也许是蛋糕）撕碎，一小片、一小片地喂她。她的嘴角，粘着一粒碎屑。她蜷缩着，瘦削的锁骨几乎可以淹没所有的岁月。她睁大眼睛，看着他，我描绘不出她的眼神，她已经不认得他，这个一直在照顾她的老头。那么，她的眼神里，除了疑惑和感激，会不会是积淀了几十年的一种本能的情感流露？

让我心碎的是这样一张照片。他站在床头，穿着厚厚的毛衣，佝偻着腰，戴着老花眼镜，正一张张地翻着报纸。我不知道，看看报纸，是不是他和这个世界剩下的最后的通道。他是想从报纸上，找一些有趣的新闻，然后读给她听吗？不过，很可惜，坐在床前椅子里，裹着厚厚的棉衣的她，双手拢在一起，脑袋耷拉了下来。她已经睡着了。阿尔茨海默病使她特别嗜睡，只要坐下来几分钟，她就会打起瞌睡。他还在埋头翻着报纸，一张，又一张，他总能找到他需要的东西，然后，将她轻轻唤醒，念给她听。

有一张照片特别奇怪，画面就是一个挂在墙上的钟，时间指向 2 点 13 分。我不能确定这是下午还是凌晨，我也不能领会摄影师拍下这个时间的意图。没有图片说明。我只能猜测，或许时间对于这两位老人来说，已经没有什么意义，他们不必一定要在某个时间，做某件事情。他们的时间，总是捆绑在一起，牢不可分，没有什么东西能够将他们分离，即使是万能的时间。

唯一一张能够看到室外的照片，是他站在窗前，窗帘拉开一半，窗户前面，是一株我叫不出名字的植物，但我看到，绿绿的叶丛中，有几朵剩开的花朵，两朵是红的，还有四五朵是白的。他站在窗前，凝视着那株植物。他在想什么呢？春天来了，是最近一次携老太太一起出游？或者更远一点儿的花朵，他曾经摘下并插在她发丛里？他和她，都已经很久没有走出这个家了，家成了他们最终的一站。

我看到的最后一张照片，是他牵着她的手，走出房门。看得出，是从卧室走向客厅。虽然只有几步的距离，不过对于她来说，却是非常遥远，也非常艰难的一段路程。没有他的搀扶，别说走到客厅，她连床都下不来了。疾病正在一点儿点儿地剥夺她的生命，死神已经拽住了她的一只脚。但是，他不同意！他不想让她离开，他不能让她离开，绝不！他牵着她的手，无力但是坚定。

不让你单独离开，是不想让自己单独留下，是想当有一天，再也无力坚持下去了，就手牵着手，我们一起离开。

当我们真的老了

一对相爱的年轻人，一个月之后即将步入婚姻的殿堂，为此，他们走进了摄影棚，我以为他们将拍摄婚纱照。但是，没有，他们留下了一段震撼人心的视频。

一个化妆师团队，同时为两个人化妆。几个小时后，比肩而坐的两个人，侧身转向对方，同时移开遮在面前的双手，同时睁开眼睛。我该怎么来形容他们当时的表情呢？惊呆了！安静地坐在电脑前观看这段视频的我，也惊呆了。刚刚还生动鲜活的两张年轻的脸庞，转眼变成了一对干巴巴的中年男女。

这还是她吗？这还是他吗？没错，她还是她，他也还是他，但这将是 30 年之后的她和他，可能变成的模样。

他们互相瞅着，瞅着，忽然大笑不已，这太不可思议了，

30 年之后，他们将变成这副模样。但笑着笑着，我注意到她的眼里噙满了泪水。他说："到那时，我们可能过着一成不变的生活，可能有几个快成年的孩子，也许还有救来的一条狗。"她伤感地说："有朝一日，我会像我的妈妈一样，青春不再了。"两个人手牵着手，想象着 30 年之后的生活。

化妆师们继续为他们化妆。这一次，化妆师将为他们塑造当他们 70 岁时的模样。

当一头花白头发的她和满脸沧桑的他，再一次同时睁开眼睛的时候，他们同时发出了惊讶的叫声。简直难以想象，那么美丽的她，会变成眼前这么苍老的老太婆；那么英俊的他，会变成如此邋遢的一个老头。她感慨地说："我看起来像我奶奶。"他说："你这个样子，我还是很满意的。"她戚戚地说："你比我想象中的老多了。"他说："看到你这个样子，我忍不住会去想，过去的 50 年，我们是怎么度过的，在你变成这样前，都经历了什么。"她说："我们会有好多经历。"他说："是啊，但我们也会忘掉好多事情。"她说："我们得好好照顾彼此。"两个"老人"你一句，我一句，勾勒着等待他们去经历的 50 年的漫长生涯。

化妆师们再一次为他们化妆 90 岁时的情形。

当两个人同时移开双手睁开眼睛的时候，坐在电脑前的我，已经泪流满面。呈现在我面前的，是两位老态龙钟、白发苍苍、皱纹像老榆树的皮一样疙疙瘩瘩的老人。她轻轻地抚摩着自己皱巴巴的脸，泪水顺着皱纹流淌下来。我无法描述他们彼此看到对方时的神情，我只见到他们的手，紧紧地、紧紧地握在一起。她凑向他，他轻轻地吻她，喃喃地说：“我爱你……”

这只是一次化妆摄影，卸了妆之后，他们将立即重回 20 岁的年轻模样，朝气蓬勃，生动鲜活，一个月之后，手牵着手，一起步入幸福的婚姻殿堂。但时间之手，会毫无例外地将他们慢慢变成 30 岁、50 岁、70 岁时的模样，而且不可逆转，永无回头的机会。

我们无法在 20 多岁的时候，就预知我们年老时的模样，假设我们可以穿越时光的局限，与若干年后的自己相遇，我们一定不敢相信，也不愿相信，那会是我们自己。但那千真万确就是若干年后的我们，虽然皱纹的纹路可能有所不同，白发也可能或多或少，但衰老的状态，一定是难以避免的。

我觉得这对年轻人，勇敢而且幸运，可以在生机勃勃的年轻时刻，与 50 岁、70 岁，甚至是 90 岁的自己提前相遇，也与自己相濡以沫大半生的另一半提前相遇。所谓执子之手，与子偕老，大概就是这样一种境界吧。当时间的快刀真的将我们的一生雕刻得沧桑不堪的时候，当我们真的一起趔趔趄趄地走到人生的暮年时，你还能握住他（她）的手，道一声“我爱你”，岁月和衰老，又有什么可怕的呢？

距离从来不是爱情的问题

他和她从大学时就开始谈恋爱了，爱情长跑了七八年，研究生快毕业时，他向她求婚。没想到，她竟然拒绝了，理由是，他的家在南方的台州，而她的家在东北的哈尔滨，两个人的家相距三千公里，结婚？不现实。她说她想找一个离家近一点儿的人结婚，这样方便照顾父母。父母年纪渐渐大了，她是家里唯一的孩子，她有这个想法，很合理。

就这样放弃吗？像很多在大学校园里死去活来地热恋，一毕业就劳燕分飞的人一样？他不甘心，不舍得。他追问她："怎样才叫离家近？"

她回答："就是自行车能骑到的地方。"

他沉默不语。

这一天，他们毕业了，这是他们在大学里的最后一天。

分别时，他再一次问她："只要自行车能骑到的地方，你就会嫁给我，是不是真的？"

她郑重地点点头。

他什么也没说，和她拥抱而别。对于很多校园恋人来说，这一别，也许就是永远。她眼含热泪，看着那个熟悉的背影，慢慢离去。

第二天，他告别校园，出发了，从哈尔滨回南方的家。他没有去机场，也没有去火车站，而是骑上了自行车。没错，他要骑着自行车，从她家所在的哈尔滨，骑到三千公里之外的他的家，台州。

他只背了一个背包，自行车上还插了一面红旗，红旗上是同学们的签名，以鼓励自己勇敢地"一路向南"。

两天后，她收到了一条他发来的微信信息，是一张照片。照片上，一身骑行服的他，蹲在一个公路界牌旁，双手举着一个纸牌子，上面写着六个大字：某某，嫁给我吧！

她瞬间泪崩。她没想到，他会骑自行车回家。

此后的一个月，每隔一两天，她就会收到一张他发来的照片，都是他在各地的公路界牌旁，举着那张"某某，嫁给我吧"的纸牌，请路人代拍的。从双城，到扶余；从德惠，到米沙子；从范家屯，到南巍子；从十家堡，到毛家店；从卧龙镇，到沂山镇；从滩岭乡，到仙人村……一路向南。因为是沿着国道走，所经过的，都是他和她以前都从未听说的村镇。沿途的城市，他没有驻留；一路的风景，他也没有停下来欣赏，他只有一个念头，坚持下去，骑回台州。

时值七月，正是一年中最热的时候。细心的她发现，他发来的第一张照片，还是一个白白嫩嫩的书生模样，到后来，他发来的照片，脸已经变成黑炭了。

她心疼死了。

整整三十一天后，他终于骑到了台州的家。在离家最近的一个界牌，他拍下了最后一张照片，还是举着那张牌子："某某，嫁给我吧！"

她答应过他，要找一个骑着自行车就能到的地方的人，嫁给他。而他用自己的行动证明，他的家，离她的家，虽然相距三千公里，但也是自行车可以骑到的。

连她的父母，也被感动了，他们对自己唯一的女儿说："现在这样的小伙子不多了，不怕苦，不怕累，这么有毅力，女儿，你想去找他，就去吧！"

她从哈尔滨，飞到了台州。在机场，他们紧紧地拥抱在了一起。

她也在台州找到了工作。在相识相恋十年后，他们结婚了。婚礼上，他为她唱了一首歌："把青春献给身后那座辉煌的城市，为了这个美梦，我们付出着代价，把爱情留给我身边，最真心的姑娘……"这首名为《私奔》的歌，仿佛唱颂的就是他们的爱情。

爱的理由

“在我的眼里，他像刘德华一样帅。”

被她看作“像刘德华一样帅”的男人，是个脑瘫患者。十年前，在他们刚刚相爱一年后，他的病情开始恶化，她惊恐地看着他全身各处肌肉慢慢萎缩，手脚开始变形，话也不能说了，路也没法走了……他彻底地瘫痪了。那一年，她二十二岁，像一朵花一样，刚刚绽放。

她本可以离开他，她似乎应当离开他，因为他已经完全成了一个“废人”。好心人都这么劝她，放弃这段必然不会结出什么正果的感情。可是，她留在了他的身边。

这一留，就是十年。

这十年，他们是怎么度过的？她每天帮他穿衣服，帮他刷牙洗脸，帮他洗澡搓背，帮他将饭嚼碎再一口一口喂他，帮他上厕所，如果他的大便太干结了，她就帮他一点儿点儿抠出来……他像个婴儿，她像个母亲。

他和她交流的唯一通道，是他的眼神。他看看杯子，她知道他渴了；他看看书，她知道他想听她讲故事了；他双眼往门外看，她知道他想让她背出去晒太阳看热闹了；有时候，他也会目不转睛地盯着她看，我们不知道，她从他的眼神里看到了什么。

去年夏天，她背着他回了一趟她的家，去看望她的父母。这是她离家外出打工十年来第一次回家。他的家在东海之滨的浙江台州，她的家却在西南边陲的云南贡山县，几千里的路，她一路背着他，坐火车，赶汽车。一路上，遇到他们的人，都被深深感动了。

她的故事感动着越来越多的人，她的故事上了报纸和电视，感动、赞美、钦佩之辞，铺天盖地。

可是，有一个问题，却一直困扰着众人。

好心人劝她离开他的时候，曾经问她："你到底图他什么？"

她的父母，在看到离别了十年的女儿背回来一个瘫痪的男朋友时，心疼地问她："你为什么要死守着他？你嫁不出去了吗？"

一名网友，在网络论坛上，发出了这样的疑问："他甚至无法像个肌体健全的男人那样，给你最简单的爱。他还值得你爱吗？你还能坚持多久？"

一位采访她的记者，开门见山地提出了一个尖锐的问题："你对他的感情，是爱，还是同情？"

所有的问题，直指一个核心：爱的理由。

"因为，他很需要我在身边照顾他；因为，他心里面始终很在乎我啊。"她一遍遍地回答、解释、辩解，"在别人看来，他是累赘，但是在我的眼里，他像刘德华一样帅。我就是喜欢，就是爱。"

因为需要，她留在了他身边；因为在乎，她坚守着这份爱；因为相爱，所以相爱。

是的，如果一定要给爱一个理由，那么，爱，就是最好的理由吧。

婚姻这门手艺

他是一名铁匠，快四十了，好不容易成了亲。新婚这天，朋友们来向他道喜。

这些朋友都是和他在一条老街上摆摊的手艺人，大家都早已结婚成家了，最长的已经儿孙绕膝，他是他们中最后一个成亲的。吃完了喜酒，大家照例闹洞房。因为都是朋友，大家也不为难他，决定每人送他一句良言。

鞋匠最先发言。鞋匠问他："脚上的鞋合脚吗？"他的新鞋是鞋匠送他的礼物，今天刚上脚，鞋匠这一问，他才忽然大悟，难怪一天脚趾都不舒服，原来是被新鞋夹的啊。鞋匠说："新鞋和脚都有一个磨合的过程，穿几天，脚就会适应了。所有的鞋子，无论是牛鼻子鞋、方口鞋、虎头鞋，还是圆口鞋、带带鞋、松紧口鞋，都要用楦子定型，楦子是固定的、有型的，而每个人的脚却大小、长短、胖瘦不同，因此，不同的脚一定会有不同的感觉。鞋子只能靠自己的脚，去慢慢磨合、慢慢适应，婚姻也是这个道理啊。”

箍桶匠接过了话题：“做我们这行的，就讲究一个团结，不管什么东西，箍起来，才有力量，才会有用。家就是箍住桶的那根铁丝，有了它，几片散木板，才能围成一只水桶，才能挑回甘洌的泉水。今天你终于有自己的家了，就再也不能像过去那样，像根木头桩一样漂到哪儿算哪儿了。木板和木板之间，只有互相紧紧地咬着，密而无缝，亲密无间，才不会漏水，才能装更多的水啊。”

老木匠说：“对，人就是一根木头，一根有感情的木头。木头要搭成房子，打成家具，就一定要联合起来。可是，怎么联合呢？现在的年轻木匠，将两根木料随便往起一搭，就乒乒乓乓用钉子钉在了一起，真是一种简单却不负责任的行为。用钉子钉，快，但肯定不牢固，而一个真正的木匠，是要靠榫，将木板和木板、木头和木头，紧紧地连在一起的。榫有明榫、闷榫、格角榫、半榫、长短榫、燕尾榫、夹头榫，无论哪种榫，都有雌雄、阴阳之分，雄者凸，雌者凹，相互勾连，相互牵制，相互作用，你中有我，我中有你，浑然一体，才会牢固。现在有些年轻人，速配结对，草率成婚，缺少责任，不会谦让，那就是用钉子钉的婚姻啊。”

裁缝是个慢性子，等大家都讲完了，他才慢腾腾地发表自己的看法：“结了婚，就有个家了，家是干什么的？过日子呗。我就跟你讲讲过日子的道理吧。我做了几十年的裁缝，承蒙大家的好意，都把布料交给我做衣裳。为什么？不是我的缝纫水平高，是我处处为人家着想，从不让人家浪费一寸布头。裁剪必然会产生很多的边角料，这些边角料，我都会废物利用，给姑娘做个蝴蝶结，给老太太做条腰带，给孩子多做几个口袋，最碎的小布头，也拿来包几个布纽扣。要想小日子过得好，就要学会用好边角料，大大咧咧，从来就过不好日子啊。”

铁匠和新媳妇听得入了迷。大家都讲完了，要求铁匠自己也讲句话。铁匠看看新媳妇，挠挠头皮，憨厚地笑着说：“既然大家都用自己的手艺打比方，我也给自己打一个比喻吧。我就像一块锤打了几十年的铁疙瘩，今天总算讨老婆成家了，我要对老婆负责，对这个家负责。今天，我就算淬火了，成型了，从此将一心一意操持好这个家。”

老公，我来娶你啦

错了？没错，是“老公，我来娶你啦！”

那天，我应邀参加女同事小 A 的婚礼。每年都要参加很多场婚礼，程序都差不多，可谓铁打的酒店，流水的新人。走进酒店，大堂里站着几对新人，仔细辨认，才找到了我们的小 A。像所有新娘子一样，穿着洁白婚纱的小 A 很漂亮，而站在一边的新郎，身穿西服，帅气阳光。

客人陆陆续续入席。

17 时 28 分，司仪高喊：“良辰吉时已到，请新人入场。”灯光熄灭，蜡烛点亮，浪漫悠扬的婚礼进行曲响起，大门缓缓打开，一对新人，携手慢慢走了进来……

烛光下，很多人揉着眼睛：是不是自己看花了，怎么新郎忽然变矮了，新娘陡然长高了？再一看，更奇怪的是，怎么新娘穿着西服，打着领结，而新郎束着婚纱，头披白纱？

短暂的沉默后，大厅里骤然爆发出热烈的持久的肆意的笑声、掌声和尖叫声。

高出小 A 半个头的新郎，穿着婚纱，露出两只黑不溜秋的胳臂以及同样黑不溜秋的后背，挽着穿着西服、英姿飒爽的新娘的胳臂，款款地向前走去。

尖叫声几乎掀翻了餐厅的屋顶。

太有才了！太有创意了！

有趣的事情，继续发生。

司仪看着这对新人，显得有点儿找不着北，歪着头想了想，才笑着对小 A 说："那么，你愿意娶某某先生为老公吗？"

小 A 看着新郎，大声回答："老公，我愿意娶你为夫！"

众人笑翻。

司仪又笑着问新郎："那么，你愿意嫁给他做老公吗？"

新郎原本刮得很干净的脸，在白婚纱的衬托下，显得胡子拉碴，他腼腆地笑道："老婆，我愿意嫁给你做老公！"

众人再笑翻。

台下有人喊："小 A，你愿意一辈子为你娇弱的老公当牛做马，处处照顾他，时时呵护他吗？"

小 A 大声回答："我当然愿意！"

又有人对着新郎大喊："你愿意一辈子为你英俊的老婆洗衣做饭，扫地擦桌，相妻教子吗？"

新郎也大声回答："我非常愿意！"

众人喝彩。

司仪请双方的父母站起来，接受新人的叩拜。司仪介绍说：“双方父母，都只有这么一个子女，从今天开始，他们就不但有了一个儿子（女儿），还有了一个女儿（儿子）。”四位老人，脸上泛着红光。

掌声雷动。

在众人的笑声中，穿着西服的新娘挽着穿着婚纱的新郎，暂时退场。过了一会儿，他们再次出现在婚礼现场，新郎穿着西服，新娘穿着婚纱，相挽着，款款而行。端起酒杯，忽然发现，今天的新郎多么帅气大方，新娘多么漂亮贤淑。

小 A 的婚礼，给我们留下了特别深刻，也特别美好的印象。他们只是将男女双方的位置，稍稍置换了一下而已，就营造了无比搞笑、无比温馨、无比奇特，也无限浪漫的婚礼。其实，互换角色、相互体谅、相互支持，这不也正是婚姻幸福的秘诀吗？小 A，当她幸福地喊出“老公，我来娶你啦”时，那已经不是一句戏言、一场游戏，而是一生的约定。

幸福的麻花辫子

早晨的金色阳光，刚刚爬上阳台。

她坐在阳台的椅子上，脸朝东，阳光照在她的脸上，她的脸安静、祥和。

他站在她身后，专注地抚弄着她的头发。他先用梳子梳顺，然后很细心地分出一小绺头发，开始扎麻花辫子。他的手指关节粗大，像弯曲的枝丫，样子显得很笨拙。

扎好了一根，很细心地再分出一小绺头发，继续扎。一缕阳光温柔地穿过发梢，在他粗糙的指尖跳跃。

她忽然扭了一下脖子。他俯下身子，问她："弄痛你了吗？"她笑着摇摇头，说脖子有点儿痒。他帮她挠了挠，问："还痒吗？""不了。"

麻花辫子终于扎好了。

她回头冲她笑笑，露出一口的豁牙：“好看吗？”他笑笑，也露出一口的豁牙：“好看。”他搀扶她站起来，从阳台蹒跚地走进家中。一对老人，开始了他们新的一天。

这是他们每天早晨必做的第一件事。

六十年前，她就是盘着一头好看的麻花辫子，成了他的新娘。又粗又浓的麻花辫子，让小镇的姑娘们惊讶羡慕不已。从小她就喜欢让母亲帮她将头发扎成一根根的麻花辫子，成亲之后，生活的重担将他们压得喘不过气来，相继出生的孩子们更是让窘困的日子雪上加霜。但不管生活多么艰难，她每天都将头发扎成麻花辫子，为此她宁愿比其他人早起一个小时。

麻花辫子，一直陪伴着她，成为她的骄傲。

然而，十几年前的一次手术，留下了可怕的后遗症，她的手再也举不过头顶了。这意味着，她再也不能梳麻花辫子了。

出院那天，他忽然从口袋里摸出那把她梳了几十年的牛角梳子，对她说：“我来帮你扎麻花辫子吧。”她呆住了：“你帮我梳麻花辫子？”虽然在一起生活了几十年，但让也已经六十多岁的老头子帮自己梳麻花辫子，她觉得无法接受，她不想让自己的老伴受这份难堪和委屈。再说，老都老了，还梳什么辫子？

女儿说：“我来帮妈扎吧。”他却不让：“你能帮你妈扎一辈子吗？但是我能。”

他不由分说，帮老伴梳理起来。

在病友们好奇的目光中，他笨手笨脚地帮她扎麻花辫子，好几次，头皮被他拽疼了。她的眼里，噙着泪水。一根辫子扎好了，又一根辫子扎好了，她的已经花白的头发，被他扎成了一根根粗细不一的麻花辫子，样子看起来古里古怪。她看不见自己的样子，但她从病友们好奇、羡慕的目光中，感受到了老伴的手艺。她笑了。

帮她扎麻花辫子，从此成了他每天生活的一项重要内容。

在晴朗的早晨，如果你恰好路过楼下，你一定能够看见，在二楼的阳台上，一位白发苍苍的老人，在为另一位白发苍苍的老人扎麻花辫子。阳光洒在两张布满沟壑的脸上，仿佛要抹平岁月的痕迹。他的神情是那么专注，她的神情是那么祥和。在我看来，这是我们这个城市的早晨中最美的一道风景。

每天黄昏，你还能看到，他搀扶着她，在小区里散步。她已经不能走远，他们就围着楼房，一圈一圈，慢慢地走着，落日将两个日趋衰老弯曲的背影拉得很长很长。如果你足够细心，你会发现，她的麻花辫子梳得越来越细密，也越来越好看了。在我看来，这是我们这个城市的黄昏中最美的一道风景。

他们是妻子的外公外婆。从来没有见过两位老人红过脸，这让结婚之后就一直争吵不休的我和妻子羞愧不已。在他们看来，我们是好日子过多了。一次，在我和妻子又为一件小事闹不愉快后，外公将我拉进房间，我以为要挨训了，没想到老人捋捋我的头发，笑着说："瞧你的头发，乱得跟你的脾气一样，常梳梳，就顺了。”我的脸倏忽红了。是啊，生活不就是一头头发吗？用心梳理，才会顺滑，才会光彩照人啊。

我的儿子，小时候最喜欢爬到太婆身上，一根一根数太婆头上的麻花辫子，这个十三岁的少年，曾经在一篇作文中写道：“数着太婆头上的麻花辫子，就像数着他们的幸福生活。”

爱情像一双筷子

有人说，爱情像水，温柔明亮；也有人说，爱情像酒，越久越醇；还有人说，爱情像风，来去无踪……

我说，爱情像一双筷子。

男人是一根筷子，女人是一根筷子，两根筷子有缘握在一起，成为一双筷子，那就是爱情。

一双筷子，心往一处想，力往一处使，才能把美好的日子搛起来，送进我们的口中。男人和女人，少了哪一个都不行，一根筷子，只能蘸一点儿点儿卤汁，永远无法捕捉到生活的真正滋味。

一双筷子，必须有一个支点。西方人很难学会使用筷子，为什么？他们很难找到两根筷子的平衡点。想让两根毫不相干的筷子牢牢地夹住食物，其中的一根就应该放低姿态，给另一根筷子一个有力的支点。手指的力度只是一个小小的技巧。是的，爱情往往也需要一点儿技巧，但心灵的配合默契才是根本，真情是第一位的。所以，永远不要指望靠耍小聪明获得爱情。

既然筷子的作用，总是需要双方共同来完成，为什么不设计一根连体筷子？那不是筷子，而是夹子。不错，夹子也可以夹起东西，可是，夹子无法张得更大，夹子的容量是有限的。而筷子是自由的，它可以狮子大张口，把一切美好的东西尽收囊中。这就是爱情的力量。基于这一点，不要忘记，一双筷子，应该是平行的，要给另一根筷子足够自由的空间，空间越大，收获就越大，只要另一只筷子还是你们这双筷子中的一根。

爱情像一双筷子，而不是剪刀。剪刀过于尖利，总是要撕烂破坏，剪刀的心中没有温情，爱情需要建设，需要呵护。爱情像一双筷子，而不是老虎钳。老虎钳的力量不可谓不大，可是，它的控制欲太强了，爱情需要温柔，需要体贴。

筷子有很多种，有竹制的，也有木制的；有塑料制的，也有象牙制的；此外还有金制的、银制的……人也一样。人没有贵贱之分，却有文化的差异，习性也各不相同。一根筷子太长，一根筷子太短，不行；一根筷子太粗，一根筷子太细，也不行。为什么你还没有找到与你匹配的另一根筷子？看看自己是怎样一根筷子，也许可以帮助你在茫茫人海中，尽快找到自己的另一半。

有一种筷子，叫方便筷。这种筷子，简单、粗糙，用之即弃，是一次性的。一次性的筷子，与爱情无关。这就与一夜情一样，与爱情无干。

爱情之所以像一双筷子，最根本的一点在于，他们之间谁也离不开谁，为了生活，永远不离不弃；他们还总是一起品尝生活中的酸甜苦辣，共同承担着人生的风风雨雨。这不正是美好爱情的共同特征吗？

“亲爱的”

有人捡到一部手机，送到社区，委托工作人员帮忙寻找失主。

主任把这个任务交给了黄大姐。这事不难办，从手机的通话记录里，找一个失主常打的电话，或者打开通讯录，找到失主的某个亲人，比如爸爸或妈妈，就可以轻而易举地找到失主了。

黄大姐拨通了手机上最近的一个联系电话，问对方是不是认识这个机主。对方回答：“当然认识啊，这不是我的一个老客户的号码嘛？我们常联系的。”没想到这么顺利，黄大姐急忙说：“那请你通知一下失主，他的手机丢了，被人捡到送到了我们社区，让他有空时来认领一下。”对方却说：“他的手机在你们这儿，而我又只有他这个联系方式，怎么和他联系啊？”

黄大姐一想：对啊，人家手机现在你的手上，和失主有电话联系的人，往往只有他这个联系方式。看来，还得从通讯录里找到失主的某个亲人，才能快速联系上失主了。

黄大姐打开了手机的通讯录。一般人的手机里，都会存储着爸爸、妈妈、老公、老婆、儿子、女儿等亲人的电话号码，可是，这个机主的通讯录里，存储的都是真实的人名，很难看出与失主的关系。

黄大姐不甘心地继续往下翻。

突然，一个奇怪的名字跳入黄大姐的眼帘，这个人叫“亲爱的”，很显然，这不是一个真实的名字，但却一定是失主最亲的人。

黄大姐激动地摁下了拨出键。

电话通了，但很长时间，对方却没有接。差不多在最后一刻，对方终于接听了。还没等黄大姐说话，对方语气很硬地说话了，是个女的：“你干吗还打我的电话？”

黄大姐赶紧解释说：“我不是机主本人。”

女的听到黄大姐的话，愣了一下，不客气地问：“那你是谁？你怎么会有这个电话？”

黄大姐连忙再解释：“是这样的，有人捡到了这部手机，送到我们社区，我们在帮忙寻找失主。请问你认识这个机主吗？”

女的迟疑了片刻，说：“这样啊。那你直接找他本人好了。”

黄大姐笑笑，说道："我们正在试图联系上他本人，在他的手机里，你的名字叫'亲爱的'，我们想，你也许是他最亲的人，所以就联系你了。"

女的突然沉默了，半晌，喃喃地问："你刚才是说我的号码在他的手机里存的是'亲爱的'，真的是这样吗？"

黄大姐点点头："是啊，叫'亲爱的'。"

女的突然嘤嘤地哭了起来。

怎么哭了？黄大姐心想，这里面一定有故事啊，忙安慰了她几句。

女的抽抽搭搭地说："半年前，我们离婚了。那次，只为了一点儿小事，我们闹得不可开交。以前我们偶尔也争吵过，但他一向都让着我，没想到这一次，这个挨千刀的，半点儿都不肯让步，没办法日子过不下去了，最后只好离了。"

又和女的聊了很长时间，黄大姐从她的口气里听出了怨恨和沮丧，但似乎也还有一丝懊悔。做了这么多年的社区和事佬，黄大姐凭直觉觉得，这俩人的婚姻还有救。

从女的那儿获悉失主的名字和住址，他的家就在邻近的一个小区，黄大姐直接找上了门。

门开了，是个高高大大的男的。黄大姐开门见山，问他："你是不是丢失了一部手机？"

男的连连点头，并报出了丢失手机的型号和号码。

接过失而复得的手机，男的激动地问："你们是怎么找到我的住址的？"

黄大姐笑笑："是你的'亲爱的'告诉我们的。"然后把来龙去脉对男的说了一遍。

男的一听，顿了顿，难为情地笑笑："哦，她是我的前妻，我们已经离婚了。"

黄大姐故作不明白的样子："离婚了啊，那为什么还叫她'亲爱的'？"

男的又顿了顿，对黄大姐说："其实，我和她结婚这么多年，感情一直很好。那一次，也不知道我哪根神经出问题了，就是转不过来弯，就是不想让步，闹到最后，婚离了。说实话，我是真心不想离婚的，我是真的很爱她的。也正是因为这个原因，离婚之后，我把手机里她的名字，改成了'亲爱的'，权当留作一个纪念吧。唉，现在说这些还有什么用呢，离都离了，后悔也没有用了。"

黄大姐听着听着，笑了。她说："大兄弟，我在你手机几百个号码中，看到'亲爱的'这个名字时，眼前一亮，就知道这个人与你关系非同一般。我觉得吧，你们的感情都还在，如果不嫌弃的话，大姐愿意为你们牵个线，把疙瘩解开了，把丢失的那份真情再找回来。"

几天之后，男的和女的，手挽着手，再次走进了民政局的大门，把离婚证换成了红彤彤的结婚证。男的的手机里，女的的名字还叫"亲爱的"，女的也把自己手机里他的号码，换成了"亲爱的"。

灿烂的阳光下，"亲爱的"牵着"亲爱的"的手，一起往家走去。

我忘记了世界，但记得你的声音

岳母住的病房里新转进一位老太太，胳臂摔伤了。

骨科病房里，都是伤筋动骨的病人，一个个都是痛苦不堪的样子，不时有人痛得哼哼唧唧。老太太倒是一声不出。其他病友和她说话，她也是爱理不理。住进来半天了，基本没听她说过什么话。

傍晚，医生交接班查房时，老太太忽然发了飙，对着守护她的儿子大喊大叫，嚷着要回家。护士拿过来的药，也差点儿被她打翻了。老太太的儿子急得不知所措。岳母和同病房的另一个病友，隔着病床安慰她。闹了半天，也不知道是众人的安慰起了作用，还是老太太自己嚷累了，总算歇息了下来。

老太太睡着了。老太太的儿子连声向病友们道歉："不好意思，吵着大家了。”

和他闲聊，他告诉我，老太太的身体本来还不错，从去年开始，不知道为什么，突然记忆力严重下降，表情也木讷多了，去医院一检查，患了阿尔茨海默病。病情发展得很快，不到半年，连家人都认不得了，好在偶尔还能认出老父亲。本来一直是老父亲陪护她，前几天太热，老父亲有点儿中暑，去小区的医疗室打点滴，老太太趁家人不备，一个人出了家门，认不得回家的路，还在路上摔了一跤，这不，把胳臂都摔坏了。老太太的儿子无奈地摇摇头，说：“这下惨了，老父亲那头还要照顾，母亲这边也要照顾。”

傍晚的时候，老太太醒了。睁开眼一看，在医院，又嚷着要回家。儿子附在耳边劝慰她，可她根本就认不得儿子，把儿子推到一边，就要下床。病友和闻声赶来的护士，赶紧帮忙劝说。从老太太口齿不清的嚷嚷声中，大家听出来了，老太太好像是想回家，给老头子做饭。儿子直叹气，他说以前都是老太太做饭的，自从病了这一年多，都是儿女轮流去做饭了。看来，她的思维，还停留在生病以前。老太太很执拗，谁的话也听不进。

这时，老太太的儿子忽然想起了什么，掏出手机，拨了一个号码。电话通了。儿子将手机贴在老太太的耳边。老太太听着听着，慢慢安静下来，重新回到病床上，躺了下来。

老太太的儿子告诉大家，刚才实在没办法，忽然想到了老父亲，就拨打了家里的电话。现在，只有老父亲的声音，母亲还能听出来，也只有老父亲的话，她才能听进去。

晚上，护士来量体温，老太太又不肯配合了。老太太的儿子，只好又拨通了家里的电话。有人建议他，把手机调到免提键，这样，就免得老太太听着吃力了。

“老妞，是我呢，我是老憨啊。”手机里传来一个苍老的声音。老太太有点儿诧异地瞪着儿子拿在手上的手机，又四周瞅了瞅，说：“老憨，你在哪儿呢？你咋不管我了？我要回家。”

老太太的儿子转身，有点儿难为情地轻轻地对我们说：“老憨就是我老父亲，老妞就是我妈，几十年了，他们在家里，都是这样称呼对方。”

“老妞，你放心，过两天我就来看你。你要听医生的话嘛，医生是帮我们的嘛。”

还真灵验，老先生只是在电话里说了几句，老太太就听话地让护士给她量了体温。大家都长舒了一口气。

以后的几天，我到医院探望岳母的时候，都能见到老太太的儿子。要打针了，儿子就拿出手机，给家里的老父亲打电话；要吃药了，再打个电话；要睡觉了，也得让老父亲在电话里讲。只有老先生的声音，才能让老太太安静地躺下。

老太太的骨伤不重，采取了保守疗法，打了绷带，将胳膊吊在脖子上。

老太太一如既往地很少跟病房里其他的人说话，看样子，她也一直连儿子都认不出来，好几次把他当成了医院里的护工。其他科室的医生来会诊过几次，老太太的骨伤其实并无大碍，倒是阿尔茨海默病越来越重了，记忆力严重衰退，不但眼前发生的事记不住，连很多过去的记忆，也都在快速丧失。因此，老太太每天打的针、吃的药，很大一部分是这方面的治疗。

有一天中午，病房的门，忽然打开了。走进来一位老先生，后面跟着老太太的儿子。我们都猜出来了，这一定就是大家听到过很多次声音，却没有见过面的“老憨”。病床上的老太太眯着眼睛，看样子是睡着了。老先生慢慢地走到病床边，轻声喊：“老妞，老妞。”

老太太醒了，看了老先生一眼，却又将视线转开。她竟然没认出他。

老先生又喊了两声：“老妞，老妞，是我啊。”

老太太循着声音，将目光重新转回到老先生身上。“你真是老憨啊，你是来接我回家的吧？”

老两口，就这样你一言、我一语地聊起来。老先生的双手，一直拉着老太太那只没有受伤的手。

病房里安静极了。

几天之后，老太太转到了其他科室的病房。

岳母出院那天，恰巧碰到了老太太的儿子。他告诉我们，老太太的病情，逐渐稳定下来了。老父亲的身体，也好转了不少。他还告诉我们，每天老太太要打针吃药的时候，还是得通过手机，让老父亲跟老母亲说。她还是只听他的声音。

我的脑海里，浮现出老太太吊着绷带，跟手机里的老先生说话的样子。因为疾病，她已经差不多忘记了全世界，但是，她还清晰地记得他的声音，那是陪伴了她大半生的声音。

要我告诉你，我今天有多爱你吗

摄影师 Lauren Fleishman，寻找、拍摄了十对结婚超过五十年的夫妇，美国《时代周刊》在刊登这组照片时说："他们的爱情因为时间而成为永恒。"

这二十位老人，与我们远隔天涯，这辈子，我和他们从来没有见过面，甚至连擦肩而过的机会都没有，但我深深地被他们的爱情吸引住了。

每对老夫妻，只选用了一幅照片。一幅照片，浓缩了几十年的人生情感。他们的头发都灰白了，脸皱得像老榆树的皮，时间将他们年轻时的模样销蚀殆尽，可是，很显然，时间唯一不能磨损的，是他们的爱情。他们拥抱，接吻，在摄影师面前，毫不忸怩地展示出他们对彼此的依恋。

有两幅照片例外。一张拍的是餐桌上的两只手，老头的手，轻轻地搭在老太婆的手背上，青筋在橘皮一样干巴巴的手背上游走。你都不敢想象，这样一双苍老的手，还能传导什么。但桌上的碟子、叉子和喝了大半的一杯饮料，使我能够确信，这是一对老人一次日常的餐后。那么，两只手握在一起，是要告诉对方，吃好了吗，还需要点儿什么，不要担心，谢谢你，或者别的什么。

另一幅照片拍的是并排坐在椅子上的四条腿。不知道是阳光，还是灯光，斜斜地照射进来。我也无法辨别，他们是坐在钢琴前，还是坐在一扇推开的窗户前。能够看见的，是两个人紧紧地挤挨在一起的双腿，这双腿，一起走过了半个多世纪的光阴。此刻，它们也许有一点儿累了，就这样靠在一起。

每一个姿势，都是相爱、依恋和搀扶。

每幅照片下面，还配了一段文字。那是他们自己对于五十多年岁月的表白。

他们都清晰地记得当初相识时的情景。“我们在一个舞会中相识，那是 1938 年 1 月。”“我们在读高中时相遇，那时候我十六岁，我妻子十五岁，我们在一起走过一生。”“我们相遇在位于乔治亚州的家乡。”“我喜欢他吻我的样子，我将嫁给他。”……他们谈起几十年前第一次相遇时的那一刻，就像刚刚发生，就像此刻他们刚刚情窦初开。一位八十一岁的老妇人故意夸张地喊了起来：“我丈夫八十三岁了，天哪，我嫁给了一个老男人！”

我只是偶尔看到了他们的照片，这些比我的父母还要年长很多的老人们，他们到底经历了怎样的情感和人生，我不知道，我不知道他们的故事，但我真切地感受到了他们相濡以沫的一生，那可能是极平凡的一生，但也是幸福的一生。

“我们已经结婚六十六年了……每天我的妻子都会向我表达她的爱意。每天她都要说：‘要我告诉你，我今天有多爱你吗？’是每天，每天如此。”她已经告诉他六十六年了，仍然不够，她仍然要每天对他说：“要我告诉你，我今天有多爱你吗？”

我结婚已经快二十年了，我们的孩子都上中学了。除了当初恋爱时向她表白过，这些年，我越来越羞于向我的妻子开口表白，我认为那样很难为情，甚至觉得完全没有必要。我和我的父辈越来越像了，含蓄，内敛，腼腆，羞愧。我的父母结婚四十多年了，我从来都没有看见他们拉过一次手。

也许，我也应该对我的妻子说：“要我告诉你，我今天有多爱你吗？”虽然这话第一次说出口，显得有点儿艰难。

是的，无论你是刚刚陷入热恋，还是和对方已经厮守了几十年，这句话说出来都不迟。

第四章

从容的日子从自己剥毛豆开始

来了一个中国人

有点儿饿了，我背着背包，走进了一家湖边的餐馆。

站在门口迎客的伙计，用纯正的东北话向里面吆喝了一声："来了一个中国人！"

我懵了。

茫然四顾，也没别的人啊，看样子，伙计说的那个中国人，就是我。没错，我是中国人，可是，这不是在五大连池吗？这不是在咱中国吗？怎么感觉到了异国他乡？

我犹疑地看着那伙计。伙计似乎也觉出了我的诧异，笑着解释，最近来他们店的，大多是俄罗斯人，难得有同胞，这才喊了那么一句。"你千万别见怪啊。"伙计一边领着我走向餐位，一边向我道歉。

没有生气，我只是感觉怪怪的。

餐厅里已经坐了零零散散几桌客人，都是金发碧眼的老外。除了跑堂的伙计，可不就只有我这个中国人嘛。

时 2015 年，国庆假期，于著名的 5A 级景区，世界地质公园的黑龙江五大连池风景区。

一边等餐，一边打开手机，在微信上发了一组刚刚拍的景区照片。很快，朋友圈就收获了很多点赞：这是哪儿啊，美得跟天堂一样？

我只是随意发了几张照片，而且，说实话，我的拍照水平，实在不怎么样。可是，秋天的五大连池，真的只是随便“咔嚓”一张，都是美轮美奂的惊艳风景，不需要技术，不需要修饰。而最吸引我的，除了她的美景，则是她的安逸、静谧和深邃。

如果真有世外桃源的话，我觉得，秋天的五大连池就是。

我也顺便看了一下朋友们的行踪。朋友圈永远是最好的了解途径。

此时此刻——

一位朋友，晒了他们一家被堵在高速上的照片。三车道的高速公路，成了偌大的停车场，有人在眺望，有人在遛狗，还有人在打羽毛球。

另一位朋友，发了一组西湖断桥上的照片，挤挤挨挨的，是人头，人头，还是人头。

一位女性朋友说，她正在黄山上，为了拍一张与迎客松的合影，她已经等了十几分钟，可是，排队拍照的游客，实在太多太多了，根本找不到一个单独与迎客松合影的机会，没办法，她只好让老公随便拍了一张，与她合影的，除了若隐若现的迎客松，左右各有几张陌生的夸张的笑脸。

最搞怪的，是我的同事大张发的一张照片，一个写着247的纸条。大张说，这是他在一家餐馆领到的就餐号，他们一家人已经排了半个多小时的队，现在的号，才叫到198号。

这时候，伙计已经给我上好了菜：一大碗人工水饺，外加一盘特色菜，当地的豆腐池鱼。

我关了手机，慢慢地享用，时而瞅一眼邻桌的俄罗斯美女。

然后，我将继续五大连池的游览，方圆一千多千米的广袤景区，我才走了不到十分之一呢。我一点儿也不用匆忙，长假才刚开始呢，我要背着背包，一个人，安静而闲适地行走，偶尔遇到一两个游客，我会和他微笑地点头示意，仿佛这静谧的盛景，就是你的，和我的。

半桶水

出差归来，办公室里发生了一次小小的争执。

缘起半桶纯净水。

办公室四个人，共用一台饮水机。平时，一桶水正好一个星期喝完，周一再换一桶新水。上周三，因为工作上的需要，我们四个人同时出差，昨天才回来。今天早晨，到办公室后，照例先打开饮水机的电开关，看着饮水机上的半桶水，忽然意识到，这一次，这桶水已经用了快十天了。

水还能不能喝，要不要换桶新水？大家争论开了。

大黄坚定地认为必须换一桶新水，因为饮水机里的水，一旦超过一定时间的话，就会大量繁殖病毒和细菌，比如大肠菌群、粪链球菌、双歧杆菌、肠道病毒、大肠杆菌噬菌体、沙门氏菌、葡萄球菌、副溶血弧菌等等。大黄一口气报出了一连串的专业名词，真不知道他是从哪里学来的。虽然不能确定桶装水里是不是真的含有这么多的病菌，但大黄的话，还是吓了我们一大跳。

刘大姐却持不同意见。一向节俭的刘大姐自有她的道理：还剩半桶水，这样倒了太浪费，而且，一般的桶装水可以饮用二十天左右，我们这桶水，才用了十天，完全可以继续饮用。

大黄极不以为然："水票是单位的，身体是我们自己的。再说，一桶纯净水才十元钱，半桶水顶多值五元钱，以五元钱赌我们四个人的身体，太不值得了吧。"

最后的结果是，换一桶新水。

半个多小时后，送水工老赵就大汗淋漓地扛来了一桶新的纯净水。

老赵是固定为我们单位送水的工人，我们都认识他。老赵将半桶水卸下，换上新桶。拿了水票，老赵提上半桶水，准备离开。刘大姐突然喊住了他，拿过来一个垃圾桶，对老赵说："桶里还有半桶水，你倒进垃圾桶吧。"

老赵看了看手里的半桶水，犹疑地问："这水你们还要吗？"刘大姐笑着说："不是我们要，是你提着半桶水回去，多累啊。"老赵明白了刘大姐的意思："不累不累，习惯了。"

看样子，老赵是准备将半桶水拎回去了。忽然想知道，接下来这半桶水会流向哪里。

我问老赵："这半桶水，你们回去将怎么处理呢？"

老赵回答说："公司需要的是空桶，剩下来的这点儿水，我会自己处理的。”

“自己处理？找个地方倒掉吗？”

老赵直摇头：“这么干净的水，倒掉太可惜了。送水的时候，经常会碰到这样的情况，桶里还剩很多水，特别是有的办公室人少，一桶水要喝完的话，可能需要一二十天，而他们往往每周都换水，这样，很多水就剩下来了。这些水我都舍不得倒掉，于是，我在送水车上准备了一个大木桶，将桶里剩下来的水都倒进去，然后带回家淘米、洗菜、做饭。”老赵指指手上的水桶说，“像这样的半桶水，够我们一家三口使用两天了。如果在我们老家，这么多水，足够一大家人快快活活洗一次澡了。”又不好意思地加了一句，“老家的很多人一辈子也没机会用这么干净的水洗过澡呢。”

我们面面相觑。老赵告诉我们，他的老家在甘肃西部，一年也下不了几场雨，水对他们来说，特别珍贵。所以，即使来到南方打工生活已经十几年了，老赵仍然舍不得浪费一滴水。

老赵提着半桶水，高高兴兴地走了。

办公室里忽然变得寂静无声。天暗了下来，看样子要下雨了，南方漫长的雨季又要来了。空气里隐约飘浮着一股腐臭味，那是我们已经习惯了的流经城市的河流的气息。

冰天雪地吃冰淇淋

在室外才逛了半个多小时，就感觉全身都冰透了，接近零下三十摄氏度，对我们几个南方人来说，实在是太冷太冷了。见我们确实冻得不行了，陪同我们的哈尔滨朋友小张大手一挥：“那我们去冷饮店，吃杯冰淇淋，热乎热乎吧。”

开什么玩笑，这么冷的天，还去吃冰淇淋？单单听到这三个字，我们就冰得一哆嗦。

跟着小张来到一家冷饮店，推开门，迎面一股温暖的热气，里面还有一道门，走进去，又是一股热浪。冷饮店其实是一条长长的通道，通道两侧各摆放着一排桌椅，挤挤挨挨坐满了人，有人吮着棒冰，有人喝着冰饮料，更多的人一小勺一小勺地挖着冰淇淋。个个一脸惬意、满足的神情。好不容易找到几个空位子，一会儿，小张手上捧着几杯冰淇淋过来了。

犹疑地接过一杯冰淇淋，不敢下口。

小张先笑眯眯地挖起一小勺，送入口中，立即眉眼舒展，很受用的样子。我学着小张的样子，也挖了小小的一勺，慢慢地送到嘴边，先小心地用嘴唇触碰一下，还好，并非想象中那么冰，然后，抿一口。骤然，一股又甜又香又凉又浓的滋味从舌尖溜过，哧溜一声，滑入喉咙。来不及回味，再挖起一勺，这回直接送入口中。

才坐了一小会儿，全身就暖和过来了，甚至感觉到了一阵阵的燥热。忙脱下厚厚的外套，轻松多了。

挖起一大勺冰淇淋，含在口中，就像被浓软的甜蜜包裹着，温暖而凉爽，这是多么矛盾的感觉啊。从来没有在冬天里吃过冰淇淋，忽然觉得，体内有什么东西被唤醒了似的。

一杯冰淇淋，很快就被我们消灭了。小张站起来，笑着说："我再去买几个大杯的。"竟然没人反对。

每个人的手里又多了一大杯冰淇淋。同行中，有个小伙子，夸张地将身上的衣服一件件扒下来，只穿着一件保暖衬衣，还将袖子高高卷起，大干一场的样子。如果不是玻璃窗外堆积在路边的厚厚积雪，我们几乎忘却了这是一年中最寒冷的日子，也忘却了自己此刻是身在滴水成冰的东北。

小张告诉我们，在哈尔滨，一年中冷饮卖得最好的季节，不是夏天，而是冬天，越冷的时候，冷饮店反而生意越火。他指指周围说："这家冰淇淋店，只在冬天开，到了夏天，就不做冷饮生意了，因为通道里会很闷热，所以就改成了夜排档。如果你们夏天来，我再请你们来这里，喝喝啤酒，出出大汗。”

赶紧挖一大勺冰淇淋，含在口中，以遮掩我们的惊讶。冰淇淋在口中慢慢融化，变成一股清爽的流质，如丝般地滑入心中。奇怪的是，你感觉不到丝毫的凉意，反而有一股暖流，在腹腔之内升起，缠绕，奔腾。也许只有在冰天雪地的地方，你才能品尝出一杯冰淇淋所带来的温暖吧。

从冷饮店走出来，我们赶紧穿好厚厚的外套，戴好帽子、围脖和手套，刺骨的冷空气，会像个恶霸一样，很快将我们身上的暖气一丝丝抽尽。唯有刚刚品尝的冰淇淋，像根蜡烛一样，在我们的体内点燃一团火苗，持续地温暖我们，不被任何冷风和寒流所左右。

不全护

开车翻越一段盘山公路。路窄，弯急，一侧是峭壁，另一侧是悬崖，让人心惊肉跳，尤其是两车交错时，不是贴着峭壁，就是紧挨悬崖，更是令人胆战心惊，如履薄冰。好在悬崖一侧，建了水泥护栏，给了不少安全感。

可是，拐了一个急弯，却突见路侧的护栏少了一大截，足有二三米长的空白。从缺口望出去，陡峭的悬崖深不见底，不敢想象，若是一不留神，车子从这儿冲下去，将是怎样可怕的结果。握着方向盘的手，不由得把持得更紧了。

同车的人议论纷纷，为什么在这么危险的路段，却少了一段护栏？难道是被车子撞毁了？那也应该立即恢复啊，不然，对过往的车辆来说多危险啊。

一路上，又见到几处同样的护栏缺口，缺口都很整齐，看样子，不像是被人为损毁的。那么，是当初建设时被遗漏了，还是因为防护材料不够？这让人百思不得其解。不过，再怎么难，也不缺这一点儿啊。

作为司机，我没敢加入大家的议论，而是全神贯注，加倍小心地开着车，把握着方向，我可不想自己的车，从那个缺口飞出去而粉身碎骨。

谢天谢地，总算安全地驶完了这段盘山公路。

晚上，当地的朋友为我们接风洗尘。席间，谈到过盘山公路时的艰险，大家仍感慨不已。当地朋友中，恰有一位是在公路系统工作的，我们便询问为什么护栏少了几截，并提议他们赶紧修复，以免发生恶性意外事故。

那位朋友听罢，笑着说："那几个护栏缺口啊，是故意留下的。"

"故意留下的？你们疯了吗，那么危险的盘山公路，你们却故意留几个缺口，难道你们希望路过的车辆，从那儿飞下去吗？这也太不负责任了吧？"

那位朋友问我："路上是你开车的吧？"我点点头。朋友又问："那你开车路过那几个护栏缺口，从缺口看到近在眼前的悬崖时，是不是更加小心翼翼，集中注意力了？"我再次点点头："下面就是万丈悬崖，谁敢大意啊。"朋友说："对，几乎所有的驾驶员看到那个悬崖边的护栏缺口后，都会不由自主地握紧方向盘，集中注意力，小心翼翼地行驶。而这，也正是我们的目的。不全护，就是迫使你正视近在眼前的危险，如果全程都建护栏，司机反而会被麻痹，放松了应有的警惕。”随后，朋友又补充了一句，“其实，那个护栏缺口虽然有两米长，但即使你真的撞了上去，一般也不会从缺口掉下去的，因为前后的护栏会将车头和车尾卡住。”

原来是这样。看起来有缺口的护栏，恰恰是为了让人在心里保持警惕，筑起一道安全防线啊。很多时候，不全护，恰是最好的保护呢。

生活的容器

到我们家吃饭的人，都会惊异于我们家的餐具，品种十分繁杂。碗、碟子、盆子，瓷的、铁的、木的、不锈钢的，大号的、中号的、小不溜的，应有尽有。每个餐具，都有来历，比如那只大号的粗瓷碗，还是我单身汉时使用的，十多年了，叮叮当当，一直陪伴着我，只要在家吃饭，我一定用它，盛饭、喝粥、舀汤，甚至有时候渴了喝口水，都是它。唯一的木碗，是一次到九华山游玩时，给刚刚学会拿碗的儿子买的，这小子因为吃饭不老实，摔了它无数次，竟然完好无损。还有两个铁瓷盆子，简直堪称文物了，还是妻子上大学时，每天敲着上食堂的家伙。虽然盆底和边缘的瓷被磕碰了不少，显得不怎么完美，但很实用，拿来蒸个咸肉什么的，不怕烟熏，不惧水烫，不畏敲打，多好的东西啊。

一家人围在一起吃饭，桌上摆的，手里捧的，都是这些朴实的、陈旧的、杂乱的餐具，有时忍不住会勾起一些遥远的记忆，一家人边吃边聊，常常感慨万端，唏嘘不已。

这算是我们家独特的餐桌文化吧，唯一不便的，是有客人来时。虽然妻子使尽了看家本领，每道菜都做得色香味俱全，无奈盛菜的餐具，有碟子，有盘子，还有粗瓷碗，型号不一，色泽不齐，式样参差，显得很没档次，很不体面。最难堪的，是我们家竟然找不出几只相同的碗，客人一多，连儿子小时候用的那只旧木碗，都不得不重新被拿出来。

搬新家时，我们到商场买了一套六十四头的景德镇餐具，碗八只，平底碟八只，深底碟八只，鱼盘一只，汤盆两只，佐料碟八只，汤勺八只……一支多么整齐、多么气派的队伍啊。旧的餐具全部打包，被塞进了橱柜里，它们总算完成了历史使命。

在新家第一次开伙，妻子将饭菜端上桌，四菜一汤，都是清一色的新餐具，看着就赏心悦目，让人食欲大增。为了使就餐更雅致，妻子还特意在每个人面前摆了一只佐料碟、一个汤勺，场面隆重得跟在饭店里一样。

一家人，小心翼翼地端起碗。不怕您笑话，这还是我们家第一次这么斯文地吃饭。虽然都是普通的家常菜，但我还是咀嚼出了很大的不同，这也许就是体面的生活吧。只有一点不如意，盛饭的碗太小了，平常我用那只粗口大碗，一碗就够了，这次，来来回回，盛了三次，才勉强吃饱。

这种秀气的生活，并没有持续几天。为了蒸我喜欢吃的咸肉，舍不得用新餐具，妻子将那只铁瓷盆找了出来，这个又旧又土的家伙，再次溜回到我们家的餐桌，显得如此不协调。

既然铁瓷盆可以回来，我立即想到了我的那只大号粗瓷碗，不久，我将它也请回了餐桌。我喜欢它的厚实，端在手里，无比的稳重、踏实、海量。

局面就这样失控，不到一个月，被我们打包藏起来的那些碗啊，碟啊，盆啊，一个个又回到了厨房，它们很快在烟火味中，重新找到了自己的位置。而那些崭新的、精巧的、华美的餐具，大部分退缩在餐柜的一角，只有少数几只碟子，杂乱地混在旧的餐具中，盛着我们一家人的饭菜。

我们家的餐桌，再次回到杂乱而随意的状态，只有来客人时，我们才偶尔使用一次全套的新餐具。

这就是我们家的日常生活。不不，并非我们刻意使用那些旧餐具，也不是我们怀有什么念旧情节，而仅仅因为，那些旧餐具，使用起来更顺手、更随意、更舒适。这就像我们的生活，我们永远也无法用一种整齐划一的模式来承载本应多姿多彩的生活。

家，不是饭店。餐具不成套，没有关系，重要的是与你的生活配套啊。

缝隙越小越夹人

打手机，没想到，头发被手机的细缝给夹住了，弄了半天，以一根头发的代价，才将手机连同头发丝一起拽下来。夏天，床上铺凉席，凉席编得精细而缜密，但半夜翻身，时因汗毛或头发被凉席的细缝夹住，一阵生疼，而从美梦中惊醒。

坐公交车打盹，头耷拉在椅背上，左右晃荡，忽觉一阵疼痛，猛然回首，只见一根细发，飘飘然悬挂在椅背上，又是被几乎看不见的缝隙，给夹住了。

两个如兄弟般的朋友，分道扬镳了，起因仅仅是因为大大咧咧的他，有一次在不恰当的场合，说了另一个他一句不是，两人自此生隙，终至义绝。

如胶似漆的他和她，吹了，原因是，挤牙膏时，她喜欢从尾部往上挤，而他总是从中间挤，她试图纠正他，无果，一而再，再而三，她和他终于忍无可忍，最终劳燕分飞。

因为看不惯婆婆在给孩子喂食时，总是先用嘴巴吹气，再用舌尖试温，一气之下，她干脆把孩子送回了娘家，一直辛辛苦苦帮他们带孩子的婆婆，也一气之下，索性回到了乡下自己的家。婆媳关系由此生出嫌隙，她不肯去乡下的婆婆家过年，婆婆也不愿意再回到城里儿子的家。

生活中有很多缝隙，正因为太细微，常常被我们忽视。可是，别忘了，越是细小的缝隙，越容易夹人，轻则扯断发丝，重则伤感情、毁家庭。可见，再小的缝隙，也不可小觑，杜隙防微是多么重要的一件事情。

从容的日子从自己剥毛豆开始

换成文火，慢慢炖骨头汤，我坐到餐桌前，开始剥毛豆米。

剥毛豆，这真是一件有趣而快乐的事情。

从菜市场刚买回来的毛豆，豆荚上还覆盖着一层浅色的绒毛，说明它们脱离豆秆的时间还不长，新鲜着呢。也不知道它们是从哪一块地头，就来到了我家的案前，这算不算一种缘分呢。拿起一颗毛豆，用大拇指的指甲轻轻一磕，一拧，剥开，青绿的毛豆米，就像一个刚出浴的小人儿，倏忽展现在你的面前。它那么嫩，周身还裹着一层乳白的豆衣，羞答答的样子，真是可爱极了。最喜这样的毛豆米了，下锅后，乳白的豆衣立即脱离豆身，裹在一起，结成一束。我告诉你，菜的味道和精华，往往就凝聚在这一层豆衣上了呢。很多孩子不爱吃毛豆米，却喜欢找菜里面的毛豆衣吃，他们总能一眼就发现豆衣，就像他们总能一眼就发现任何新奇的事情一样。

不是每一颗毛豆壳里面，都孕育了丰满的豆米。有的豆荚，只有一颗豆米，孤孤单单地躺在豆荚里，它最渴望被人剥开了，好和它的兄弟姐妹们团聚，嬉闹一番；最多的是两颗豆米，相亲相爱地挤在一起，誓不分开的样子；也有三颗豆米的，甚至剥到过四颗豆米的。哎呀，那真是一个热闹的大家庭了，打开豆荚，豆米们一颗颗迫不及待地跳出来，它们想到更大的世界去玩耍呢。有时候，豆荚里面，除了饱满的豆米，也会有一两颗瘪瘪的豆米，蜷缩在豆壳一角，一副营养不良的样子，让人看了心疼。

拿一只雪白的瓷盆来，盛豆米。我偏爱用瓷盆盛豆米，除了因为豆米的青绿在瓷盆的白色里显得更加清亮，我也特别喜欢豆米落到瓷盆里发出的悦耳的叮当声，不脆，有点儿闷，像雨点一头砸进水缸里。不是所有的豆米，都心甘情愿地落在瓷盆里，有的豆米，在你剥开豆荚的时候，“啪”一声弹跳出来，在餐桌上蹦几蹦，滚落到地板上。如果恰好落在脚边，弯腰就能将它拾起，放进瓷盆里。如果这颗豆米更调皮一些，就会蹦得远远的，得起身，走几步去捡。当然，也不必蹦掉一颗，拾一颗，等毛豆都剥完了，再端着瓷盆一一将它们从地上拾起，缉拿归案，似也不迟。如果家里养了一只猫的话，就更不用急着去捡了，猫闻声而动，踮着脚尖走过来，前爪伏地，蹲下，胡须微翘，像灵敏的感应器。终于，又一颗豆米蹦下来了，猫一跃而起，扑向豆米，以为成功脱逃的豆米，赶紧又弹跳了几下，想避开猫咪的爪子，可惜，猫的爪子更快一步，将豆米捕获。猫不会将豆米拿来向主人邀功，大概是它不知道主人有多么喜爱毛豆米呢。

有时候，也会从豆荚中剥出一条小虫来，浑身翠绿的小虫，蜷缩在豆米旁，豆米已经被它啃食过半了，对它来说，一粒毛豆米，就是一个天然的粮仓吧。有人剥到虫子时，会觉得恶心，我不会。有虫子的毛豆，说明没打什么农药，是真正的绿色食品呢。而且，也幸亏是自己亲自一颗一颗剥毛豆，这样，才能发现每一颗毛豆米的秘密，也绝不让一条小虫，混进自家的餐桌。

厨房里的骨头汤飘来浓浓的香味时，毛豆也剥好了。满满一瓷盆的毛豆米，饱满，翠绿，可爱。这是自己的收获呢，心下充满了喜悦。再看看自己的大拇指，指甲缝里藏着一层绿垢，几天都不肯消失。

今天，我家吃的所有的毛豆米，都是我自己剥的，有时候是一家人围在一起剥的，那速度就快多了。而在年轻的时候，我和很多人一样，都是买菜贩子剥好的毛豆米。我没有时间，没有耐心，也没有心情剥毛豆米，如果没有现成的毛豆米卖，我宁愿不吃，也绝不会自己剥。我一直认为，一颗颗地剥毛豆米，那都是无所事事的老人们才肯做的事情，我甚至恨不得连饭都不用每天每顿都吃，而只需吞下几粒营养胶囊。我总是显得急不可耐。

不知道从哪一天开始，我上菜市场买菜的时候，不再买别人剥好的毛豆米，而是买回来毛豆荚，再自己一颗颗慢慢地剥。我一点儿也不觉得这是浪费时间。剥毛豆的时候，我专注、宁静，还有一点儿点儿小小的成就感，因而又是快乐的。我觉得，我人生的步伐，在这一刻终于放慢了下来，对待生活，对待人生，我比以前从容多了。

生活不是什么高深的事情，它与我们的每一个细节有关，就像这从容不迫的日子，可能就是从自己剥毛豆这样一件小事开始的。

戴帽子

从来没戴过帽子的张三，忽然头上戴了一顶帽子，瓜皮帽。

熟人甲惊讶地瞪着张三，问道：“怎么戴起了帽子，装酷啊？还别说，你这帽子一戴啊，还真有了点儿艺术家的味道，就是气质嘛，离艺术家还是差了一大截。”

张三呵呵一笑。

熟人乙左瞅瞅，右瞅瞅，咂咂嘴：“戴上帽子了啊，是为了遮白发吗？可是，你瞧瞧，鬓角的白发还是没能遮住，建议你买一顶更大的帽子，这样戴上帽子后，就没人看见你的头发了，也没人看见你的白发了。”

张三嘿嘿一笑。

熟人丙在身后瞄了一眼张三头上的帽子，意味深长地对身边的人说："这家伙一定是头上长了疮，不然，他戴什么帽子呢？"

熟人丁摇摇头："我看他是很久没洗头了吧，戴个帽子，就没人看出来了。"

熟人戊说："张三戴上帽子后，左眉梢那块疤挡住看不见了，所以，我看他是臭美才戴帽子的吧。"

这些身后的议论，不知道张三有没有听见，他只是整了整帽子，似乎刚刚有一阵风。

大街上，陌生人与戴着帽子的张三擦肩而过，看都没看张三和他的帽子一眼。

张三跨进家门，喊了一声："妈，我来看您了。"

一位老太太迎出来，她一眼就看到了张三头上的帽子，心疼地说："外面很冷，戴个帽子暖和多了吧。我早跟你说了，天冷，要戴帽子。"

张三点点头。只有妈说对了，他为什么戴帽子。

独眼照亮生活

家里的灯泡，一盏接一盏，熄灭了。

房子刚装修好时，我点了一下数，总计 86 个灯头，仅客厅就有 28 个灯头，分别是：吊灯 12 个灯头，射灯 7 个灯头，壁灯 4 个灯头，落地台灯 3 个灯头，角灯 2 个灯头，这还不包括镶嵌在吊顶里的一条长达 16 米的彩灯灯带。一间 100 多平方米的房子，需要这么多盏灯吗？装潢房子的曹师傅斩钉截铁地回答："要得！每盏灯有每盏灯的用途，有的是照明之用，有的就是个摆设，更多的是为了营造气氛。"这位四川师傅骄傲地告诉我，他曾经装潢的一家，用了 192 个灯头呢，单单玄关就有 8 个灯头，所有的灯都打开的话，绚烂、明亮、气派，晃得人眼都睁不开。

我们家也搞过几次亮灯工程。交工验收的时候，曹师傅将所有的灯一一打开，虽然是白天，也十分耀眼，阳光被逼在了室外。检查灯头都是亮的，我们赶紧将灯都关了，86 盏灯，以平均每盏灯 12 瓦计算，就是 1000 多瓦，赶上个小空调了。

还有一次，是搬家那天，晚上几个朋友在新居小聚，饭后，领着朋友们巡视新房，噼里啪啦打开所有的开关，房子立即灯火辉煌。灯光从不同的角度射出来，让人目眩，如入仙境，连墙脚那盆半死不活的蜀桧球，此刻在灯光的幻影中，也情不自禁地流露出一股梦魇之美。朋友们啧啧称叹，我们的脸上也是大放光芒。待朋友们前脚跨出大门，我们赶紧折回家中，将灯一一熄灭，只留下客厅的一盏孤灯，照亮半个家。

我们在外乡工作，这里亲朋很少，所以，亮灯工程的机会不多。平常开得最多的是餐厅的吊灯，米黄的灯光从半空俯射下来，将我们一家三口笼罩其中，吃饭、谈心，其乐融融。吃过晚饭，基本上都是伏案、看书、写文章、做作业，每人一盏台灯的光芒就足够了。偶尔看看电视，也只开一盏壁灯，灯光在墙壁上爬行，散落一些出来，像碎银子，映射出家的轮廓。

大部分灯难得一开，虽然使用频率不高，麻烦却不少。像客厅那盏多达 12 个灯头的吊灯，开关是三开的，开第一次，亮 2 盏灯头；再开一次，12 盏灯头一齐怒放；再开一次，又只亮 6 盏灯头。当初设计的本意是按需开灯，不过一般情况下，开 6 盏灯头最为恰当，这就意味着必须连续开三下，十分烦琐。因为灯多，仅门厅处就有 8 只开关，摸黑打开门，经常摸不清打开哪一只开关。

现在总算好了，搬进新家一年多，很多灯泡不知不觉间坏了。卧室里那盏 6 个灯头的吊灯，灭了一只，又灭了一只，眼下只有一只灯泡，还孤单而顽强地亮着。一只也好，省电，节能，且有朦胧之美。在这只独眼也熄灭之前，我不打算更换灯泡。

去过一些人家，几乎没有一个家是所有的灯泡都亮着的。不知道他们是使用可控制的多开开关，还是像我家一样，灯泡一盏一盏熄灭了而懒得去更换？

有些灯坏了，并不影响我们的生活，因为我们本来就不需要那么多盏灯泡。有一盏灯，它是照亮我们的生活的，只要它还亮着，我们就不会处在黑暗中。

公交车上的人生哲学

一辆公交车停靠在起点站，等待乘客。又上来了一位乘客，不慌不忙地走上车，样子很像个绅士。稀稀拉拉只有十几个乘客，几乎都是靠窗坐的，也基本上是一个人独坐，除非是同行的人，才会坐在一起。这位乘客也找了一个靠窗的座位，坐下。人少，位子多，人们都会选择一个视野比较好、坐着舒适的座位。

如果起点站等待的乘客比较多的话，情况就会有所不同。一辆公交车进站了，大家会争先恐后地抢着上车，为的是确保自己能有一个座位。即使人不是太多，明知道每个人都会有座位，但不少人还是会挤会抢，因为他希望能占一个好一点儿的座位。

空座位多的时候，大多数人不会选择标明是“照顾专座”

的位子，因为谁都知道，那是留给老幼病残的。但凡有一点儿廉耻感、同情心的人，坐在上面都会不自在，即使车上并没有老幼病残人士。不过，如果车上没有其他空座位了，很多人就可能一屁股坐在“照顾专座”上。这样的人大致也可以分成两类：一类会想着我先坐一会儿，等到有需要的人上来了，再让给他；还有一类人，会心安理得地一直坐在“照顾专座”上，哪怕身边就站着一位白发苍苍的老人或挺着大肚皮摇摇晃晃的孕妇。

公交车驶动了，进入下一站。等待在站牌下的人，翘首以待。如果车上还有空座位的话，站台就会特别骚动，因为大家都希望自己能第一个挤上车，抢到一个难得的座位。如果看见公交车上有人站着，说明已经没有空座位了，拥挤情况反而会好一点儿，因为挤没有任何用处，即使先挤上去，也并不能占到什么好处。很多时候就是这样，只要有一点儿希望，有一点儿空隙，有一点儿好处，就会有人设法挤占；毫无希望了，心态反而变平和了。

公交车继续往前行驶。车上的乘客已经很多了，没有一个空座位，连“照顾专座”都坐满了该坐或不该坐的人，很多人不得不站着。公交车又驶进了一站。等候在站台上的人，看见已经有点儿拥挤的车厢，会变得更加焦躁、迫不及待，所有的人都拼命地往车门里挤，为的是能挤上这趟班车，谁都怕被落下。你经常能听到车下的人一边挤，一边往车里喊：“请往里挤一挤嘛！”“拜托，再挤一挤，我急着上班！”

最后一个人，终于也挤上车了，车门吃力地关上。他长吁了一口气，庆幸自己总算挤上来了。车厢里拥挤不堪，混杂着各种气息。公交车驶动了，车厢里的乘客，左右摇晃，车里变得稍稍松动了一点儿。公交车又进站了。这是一个小站，站台上只有一个候车的乘客，他大声地往车里喊："我赶火车，上一趟公交车就没挤上，再赶不上这趟车，我就赶不上火车了。里面还有空隙，麻烦大家再挤进去一点儿，谢谢了！"司机也请大家再往里挤一点儿。车厢里的人牢骚满腹，站在车门口最后一位上车的乘客，嗓门最大，声音最愤怒："怎么挤啊？都快挤成肉饼了。"车上和车下，就是这么不同。已经上车的人，就像一群利益既得者，永远不希望分出一杯羹，虽然可能他自己刚刚也为了能挤上车，而苦苦哀求过他人。

如果在半路上，上来一位老幼病残，往往是坐在前面的人，会主动站起来，为他让座，而非本不该坐在"照顾专座"上的人。还有一种比较常见的现象是，如果车上有一个人，主动给他人让座，那么，后面再有老幼病残上车，就可能有更多的人主动让座。反之，如果上来一位孕妇，无人肯站起来，那么，再上来一位老人，也难免会遭受同样的待遇。善心会传递，也会传染。

这辆公交车，就行驶在繁华的街区，它是我们生活的一个缩影、一份真实的写照。世态百相，人心冷暖，尽在其中。你我都是这趟车上的乘客，想一想，我们又该有怎样的表现？

关心不是问一声

一次，我去领导办公室汇报工作。间隙，领导忽然关心地问：“小孩子怎么样？”我告诉他，孩子已经读大学了。他似乎有点儿不太相信：“真的吗，你孩子都已经上大学了？”领导又饶有兴致地询问，“上哪个学校啊？读什么专业？”

除了工作关系，我和这位领导的交集不是很多，没想到，他会关心我的孩子和家庭情况。我承认，我当时心头一暖，有点儿小感动，告诉他我的孩子读什么大学，什么专业，几年级了，等等。领导不住地点头，说：“不错，不错。”

我自认为不是一个喜欢争宠邀功的人，但领导的关心，还是让我有点儿激动。我觉得，一个在工作之余还能够关心下属的家庭和生活的领导，就是一个很人性化的领导。

没过几天，我陪领导一起去市里参加会议。路上，领导忽然关心地问："你孩子该读中学了吧？"我哑然，前几天他不是刚刚问过我孩子的情况吗？没好意思点穿，我平静地告诉他，孩子已经读大学了。他惊讶地看着我："真的吗，你孩子都已经上大学了？你真是好福气啊。"又饶有兴致地询问，"上哪个学校啊？读什么专业？"

看着领导一脸关切的样子，我忽然明白，他其实根本不是出于真正的关心，只是随口问问而已，从没有往心里去，即问即忘。

真正关心你的人，是能把你的话、你的事、你的一举一动，往心里去的人。

我有个老同事，自我调离那个城市之后，就没再怎么联系了。一日，他出差来杭州，相约一叙。闲聊中，他问我："寒寒新的专业怎么样？"我激动而诧异地看着他，我没想到，他能一口讲出我的孩子的名字，而且知道孩子大二时换了专业。他淡淡地说："寒寒小时候经常来我们办公室，很调皮，很可爱，我怎么会不记得他？"我又好奇地问他："那你又是怎么知道他大学换了专业？"他笑着告诉我："从你的博客上知道的。"又加了一句，"我经常偷偷上你的博客，你的很多文章我都读过呢。"

什么是朋友？我觉得这样的朋友，就是。

有一次，我们同寝室的大学同学聚会，这是我们毕业之后，难得的聚会。老大给我们倒茶水，就像大学时一样，他总是乐于为大家服务。他给其他每个人，都沏了一杯绿茶，端给我的，却是一杯冒着热气的白开水。在将热水杯递给我的时候，他说：“我记得你胃不大好，从来不喝茶叶的。”接过热水的那一刻，我的内心涌起一股暖流。这么多年了，他竟然一直记得，我觉得我们的友谊就像这杯热开水一样，特别温暖。

远离家乡和亲人后，每个星期，我和妻子都会各自打个电话回家，问问父母的身体情况。母亲的耳朵不大好，要很大声地跟她讲话。每次我问她，最近身体好不好，母亲都会说她的身体很好，让我们安心，又叮嘱我们，也要注意休息，养好身体。

那天我感冒，喉咙痛，说不出话，让妻子代我打个电话回家问候。她问母亲：“这几天降温了，你的老寒腿怎么样了？”真没想到，她竟然记得我母亲有老寒腿。她又跟母亲讲了一个她从报纸上看到的保养老寒腿的土方子，让母亲照着方子护理。那天，她和母亲聊了很多。

隔天，妻子下班回来，带了个很厚实的羽绒护膝，让我抽空去邮局寄回家。她说：“妈年纪大了，天冷了，她那个老寒腿，特别需要保暖。”

我一把抱住了妻子。每次我打电话回家，都是简单地问问母亲的身体情况，像走程序一样。妻子细致多了。妻子娇嗔地笑笑，说道：“关心一个人，不是只问一声。”

是的，用心，才是真的关心。

孩子，做我的邻居吧

进城奋斗了七八年，他终于在城里站稳了脚跟，并且找到了自己的另一半。女孩答应了他的求婚，现在，只差一套属于自己的婚房了。连续多日，他四处奔波打探，希望能找到一套价格可以承受的住房。有了房子，有了爱人，他在这个城市，就算扎根了。

还真找到了。房子位置不错，小区环境也好，最重要的是，房子的挂牌价和他的心理预期差不多。他有点儿迫不及待地和中介约好了看房的时间。

房子看到了，是个半新的二手房，装修过，几乎可以拎包入住。这是看过的最理想的一套房子了，他心里暗自欢喜，打好了算盘，如果能还下点儿价格最好，但即使房东价格上不肯让，以挂牌价出售，他也决定买下它。他太想在这个城市有一个自己的家了。

可是，意外出现了。未等他还价，房东竟然主动打电话给他，表示如果是他自己买，也是自己住的话，愿意在挂牌价的基础上，减价两万元卖给他。

房东主动降价，这太出乎他的意料了。高兴之余，他隐隐地不安起来：难道这个房子有什么问题吗？不然，哪有房东会主动降价的？

他悄悄地了解了情况。房子确实是房东的，手续都是齐全的，问过左右邻居，这套房子里也没出过什么事情。而且，据中介说，还有其他几个人也看中了这套房子，愿意以房东的挂牌价成交。这件事就更蹊跷了，既然有人愿意以挂牌价买，为什么房东不以挂牌价卖给别人，偏偏愿意以优惠价卖给他？

这会不会是一个骗局呢？他起了疑心。

中介也有点儿莫名其妙，答应帮他向房东了解一下情况。

第二天，中介给他回话了。

中介问他："看房那天，你是不是碰到过什么人？"

他想了想，没碰到过什么熟人啊。这个小区，他没有同事，没有朋友，没有老乡，在看房之前，他甚至从来没有来过这个小区。

中介启发他："你那天上楼的时候，是不是遇到了一个老太太？"

他想起来了。那天，他匆匆找到了这幢居民楼，在楼下锁好自行车，正准备上楼，看到一个老太太拎着很多菜，也正准备上楼。看到老太太拎着菜篮子很吃力的样子，他停下来，问老太太上几楼，没想到，和他要看的房子是一层，门对门。他二话没说，帮老太太将菜篮子拎上了楼。放下菜篮子，他就忙着去对门看房子了。

中介告诉他，那个老太太，是房东的老母亲。门对面，住着房东的父母。那天回到家，老太太就给儿子打了电话，问是不是有一个小伙子来看房子。儿子告诉她："是啊，中介正在带一个小伙子看房子呢。"老太太把刚才发生的事跟儿子讲了一遍，叮嘱儿子："这小伙子心肠不错，人非常和善勤快，和这样的人做邻居，我挺喜欢。"

房东听明白了老母亲的意思。自己因为其他原因，不能和父母住门对门了，照顾父母没以前方便了。如果有个心地善良的人买下房子，做父母的邻居，偶尔帮着照顾一下年迈的父母，自己也放心些。于是，房东主动打电话给小伙子，愿意降价将房子卖给他。

他如愿以偿地买下了那套房子。他在这个城市，终于有了自己的立足之地，有了自己温暖的家。

他是我的小同乡。这个小小的故事，让人心头暖暖的。他说，结婚之后，他就会将老家乡下的父母接过来住一段日子，他已经很久没有回家看望他们了，他好想他们。

和遗像合影

哀乐婉转。人们眼含热泪，送别一位 90 岁高龄的长者。

殡仪馆大厅的正面，挂着一幅老人的遗像，一头白发，平和地微笑着，默默地注视着眼前的一切。大厅里挤满了来为他送行的人，认识的和不认识的。

一位戴着眼镜的中年妇女，向老人的遗像三鞠躬，然后，站在老人的遗像下，双手将一本书紧紧地抱在胸前，那是一本追思老人的纪念册。人们不知道这位中年妇女要做什么。站在她旁边的中年男人，掏出手机，对着她。原来她是要和老人的遗像合影。

中年妇女拍好了照片。

又一个人站在了老人的遗像前，也和老人的遗像合影。

很快，老人的遗像前排起了长长的队伍，他们都希望能和老人的遗像合个影，没有恐惧，没有别扭，更没有忌讳。这些来送别老人的人，在老人健在的时候，有很多甚至从来都没有亲眼见过他。今天，他们终于见到他了，却是最后一面。老人的遗像慈祥、安静，面带笑容。这正是老人在他们心目中的形象。

他只是一位普通的老人。

他的名字叫郭仲选。如果你对书法不感兴趣的话，你可能从来也没有听说过这个名字。生于 1919 年的郭老，当过八路军，1949 年南下，在杭州转业，从此在杭州安家落户。他是书法界的名家，德高望重，曾任浙江文史馆馆长、浙江省书法家协会名誉主席。郭老传承“二王”（王羲之、王献之）、董其昌的俊逸行书，风行杭州，被誉为杭州一支笔，人称“郭字”。

书法家多矣，著名书法家也不少，人们为什么会记住郭老，并乐于和他的遗像合影？

有人这样评价郭老其人其字：“郭老的存在，其实是做了一个把书法大众化到普通百姓接受的民间运动，他的面向社会、面向群众的书法价值定位，使书法进入寻常百姓家成为可能。‘郭字’的品牌正是在不动声色的普及中形成的。”

让书法进入普通人家，为普通人所欣赏，所接受，所乐于模临，这正是郭老的贡献。郭老的字，俊朗、明快、易认，如邻家小妹，亲切、秀丽、活泼、可爱。在杭州的大街小巷，随处可见郭老题写的招牌。人们特别喜欢他的字，也特别喜欢模仿他的字。

很多普通人，因为郭老而爱上书法，他们发现，写字原来也可以这样容易，自己写的字也可以这样好看。

送别郭老的挽联，从殡仪馆大厅一直挂到了室外的走廊。一位老伯拿着笔，认真地抄写，他是参加另一个追悼会的，看见这些挽联写得这么好，忍不住停了下来。得知是郭老的追悼会，老伯连声表示惋惜。

大街上，一辆私家车的后窗上贴着一张讣告：郭仲选大师的追悼会某月某日上午九时半在杭州殡仪馆举行。小车在大街上奔驶，把消息带到了城市的每一个角落。

和遗像合影一样，这些都是发自民间的追思，表达了人们对一位逝者的尊重。

受人尊敬，人们才愿意和一个人的遗像合影，才愿意把一个人的音容笑貌永远珍藏在心中。我想，一个人有这样的人生，大约可以含笑九泉了吧。

总有一个邻居帮到你

朋友来家小坐，看到我养的一盆虎皮兰有些蔫，朋友说：“它病了。”我点点头：“这几天忙，还没来得及带它去植物医院看看。”朋友笑着说：“这么点儿小事，还得劳神费力搬到植物医院去吗？我有个邻居老王，很有养花种草的经验，我帮你找他问问。”

说着，朋友掏出手机，打开微信，点开一个“邻居群”，找到“五楼老王”，问：“老王，在线吗？”

“五楼老王”马上回应了：“在啊，有什么事吗？”

朋友说：“我朋友家养的虎皮兰好像病了，我拍张照片发给你，请你给诊断一下。”

“啪啪”拍了两张，发送了过去。

很快，“五楼老王”回复了：“从照片来看，应该是水浇多了，又缺少日照。白天搬到阳台上晒晒太阳，一个星期浇一次水就够了，千万别多浇水。”过了一会儿，“五楼老王”又补充了一句，“你朋友家住得远吗？哪天晚上抽个空，我们一起上门去看看。”

这个“五楼老王”可真是一个热心人，我让朋友代我表达谢意。

我好奇地问朋友：“这个‘邻居群’是怎么回事？”

朋友说：“你知道的，我们那个小区不大，一个院子，总共只有三幢楼，六七十户人家。后来有人倡议，建立了这个群。除了邻居们互相聊聊天，发布一些相关信息，这个群最大的好处就是，你家遇到了什么小困难，你发个信息，总会有人帮你出谋划策。像刚才我找的这个老王，退休前在农业局工作，算是半个植物学家，喜好养花的邻居们，遇到问题了，给他打个电话，或者发个信息，他会立即上门帮你查看诊断。”

朋友笑着补充说：“邻居们从事的职业不同，人生经历不同，可以说每个人在自己熟悉的领域，都比一般人要强一些，所以，不管你遇到什么问题，总会有邻居能帮上忙。”

朋友举例说：“对面三楼的老胡，是一家医院的外科医生，遇到头痛脑热的健康问题，大家都会先找他咨询一下，尤其是小区里面的老人，简直把他当成了身边的健康顾问。虽然他不是全科医生，但相比较我们一般人，他的医疗知识，显然比我们都高多了。有一次，有个邻居的小孩子不小心崴了脚，哇哇大哭，在送医前，慌乱的大人急忙用热毛巾替小孩捂上，正好胡医生下班回来，见状，赶紧让大人把热毛巾给拿掉了，换成了冷毛巾，原来这种情况用热毛巾捂，只会加重病情。还有一次，一楼的李老太太夜里突发疾病，家人赶紧打 120 急救电话，又给胡医生打了电话，胡医生正好在家，连忙起床赶了过去，一查看，胡医生认为老太太可能是脑溢血，赶紧让家人把老太太的高枕头撤了，让老太太侧躺着。别小看了这小小的动作，据后来的抢救医生说，那可帮了大忙。”

朋友还举了一个自己的例子。他说，有一次，因为家务琐事，和老婆吵了起来，那天老婆的脾气特别大，砸了好多碗，他自己也很恼火。正吵得不可开交的时候，有人敲门，是隔壁楼的赵大姐。原来是楼上的邻居听到了他们家的吵架声，替他请来了赵大姐。这个赵大姐，在附近的菜场摆摊卖菜，是个特别热心肠的人，很会劝人，邻居们谁家闹矛盾了，都喜欢请她调和。朋友说，以他自己的性格，是不喜欢“家丑”外扬的，但那次还真亏了赵大姐的调停，帮他劝好了怒气冲天的老婆。

我忽然笑着问朋友：“那你帮过邻居什么忙吗？”

朋友有点儿难为情地笑笑：“我还真没什么特别的长处，也不怎么喜欢掺和别人的事，但是，要说帮帮小忙，那也是有的。你知道，我喜欢玩电脑游戏，所以，对电脑也略懂一二，有时候，邻居家的电脑有什么小故障，我也能帮着捣鼓捣鼓，还真侥幸成功过几次呢。”

从这个话题岔开去，又和朋友天南海北聊了很多。

朋友告别。送朋友下楼的时候，恰好有人上楼。我和那人侧身而过。倒是我的朋友，微笑地和那人点了点头。朋友问我："这个人是你邻居吗？"我迟疑地回答："应该是吧，好像碰到过几次。"朋友若有所思地说："你们的邻里关系需要改善啊。"

我点点头，也若有所思地说："明天我就先把虎皮兰搬到阳台上去，晒晒太阳。"

假如人生可以抽走一部分

据说神经专家约翰医生发明了一种新的大脑仪器，可以删除人脑中的信息，让某部分记忆丧失。也就是说，你可以任意抽走人生中的某一部分。

马克兴冲冲地来到了约翰医生的诊所，希望约翰能帮他删除掉一部分人生。

接好各种导管后，马克大脑中的全部记忆，都清晰地显现在了约翰的电脑上。约翰问他 :“想删除哪部分？”马克想都没想说 :“先将我最讨厌的几个家伙的信息，全部删除掉。”约翰看了看，马克最讨厌的人有三个 : 一个是少年时的伙伴，他们从小在一起长大，他后来抢走了马克的第一个女朋友 ; 一个是青年时的同事，他曾经和马克在同一个办公室相处了四年，一次这个朋友挖走了马克最大的一个客户，两个人从此反目成仇；还有令马克最讨厌的一个人，是他现在的邻居，这家伙老是在马克的老婆面前说三道四，让马克浑身不自在，深恶痛绝。

约翰点中马克大脑中这三个人的信息，鼠标停在了删除键上，对马克说："如果将这三个人的信息都删除的话，他们所带给你的烦恼和不快，就彻底消除了。"马克说："那赶紧删掉吧，我再也不想被他们折磨了。"约翰提醒马克："不过，如果删除掉这三人的信息，你的大脑中所有和他们相关的记忆，也将同时被抹去。你确定删除吗？"马克毫不犹豫地说："只要一想起这几个人，我就寝食难安，请你赶紧将他们删除，让我清静清静。"约翰医生摁下了删除键。

躺在病床上的马克，顿时感到一阵轻松，他使劲回忆，也想不起这个世界上有什么让他讨厌仇恨的人了，脑海中翻滚的，都是一张张满是善意的笑脸，真是太好了。马克问约翰："还可以继续删除吗？"约翰点点头。马克说："那请你找到曾经让我心灰意冷，伤透了我的心的三个女人，将她们的信息也都删除掉吧。"

约翰搜索了一下，与马克有过感情纠葛的，果然有三个女人。一个是马克的初恋情人，他们是中学时的同学，马克暗恋了她整整三年，在中学毕业那年，女同学终于答应了马克的求爱，两个人又在一起浓情蜜意了三年，直到有一天，女同学给马克留下一张纸条，投进了别人的怀抱。这次打击，让马克好多年都没有缓过劲来。第二个女人是马克出差时认识的，两个人在火车上一见钟情，坠入爱河，那真是浪漫而富有激情的日子啊，可是，半年之后，那个女人也弃他而去，据说是坠入了另一场一见钟情之中。马克无法接受这个事实，差一点儿寻了短见，幸亏遇见了现在的太太。正处在失恋之中的马克，无比脆弱，无比寂寞，她填补了马克空虚的世界，对马克无微不至，感动了马克，两个人很快步入了婚姻的殿堂。可是，结婚之后，马克却发现，自己的太太一点儿情趣也没有，简直就是一个爱唠叨的黄脸婆，这让马克非常失望，结婚七年来，他对太太越来越反感，觉得这是自己人生中最失败的一次选择。

马克焦急地问约翰："删除掉了吗？"约翰笑着说："已经全部选中了，还是得提醒你一句，如果都删除的话，那么相关的所有记忆，痛苦的、不堪回首的、生不如死的，当然也包括那些曾经甜蜜的、幸福的、温暖的回忆，都将消失得干干净净，你确定这样做吗？"马克斩钉截铁地说："当然，只要能摆脱掉这些感情折磨，做什么我都愿意。"约翰点了一下删除键。

马克再一次感到大脑一阵放松，他想啊想啊，怎么也想不起自己有过什么感情的挫败和伤害，他觉得自己就像一张干净的白纸，纯净无瑕，既没有爱过别人，也没有被人爱过，当然，也没有受到过任何感情的折磨和摧残。

在马克的要求下，约翰又将马克脑海中所有失败的记忆、所有不快的经历、所有悲伤的时刻，包括所有让马克烦心的琐事、所有令马克头痛的工作、所有使马克不安的处境，以及所有相关联的人和事，全部删除得一干二净。约翰笑眯眯地问马克：“现在有什么感觉？”马克盯着约翰，恍恍惚惚地问：“医生，为什么我突然感觉大脑一片空白，那些让我牵挂的人呢？那些让我开心的事呢？那些我经历过的有意思的时刻呢？怎么也都不见了？是不是你删除错了？”

约翰平静地看着马克，回答：“我都是按你的要求进行的。”马克激动地问：“那它们为什么也都消失得无影无踪了？”约翰指指电脑屏幕说：“很简单，那些快乐的、幸福的、温馨的人和事，是和那些郁闷的、难过的、伤痛的人和事，紧密地联系在一起的，不可分割的，当你删除了所有负面的记忆后，那些与之相关的正面记忆，自然也不复存在。”

马克猛地坐了起来：“这么说，我以前几十年的人生岂不是白过了？这可不行！”马克绝望地看着约翰，“我的那些记忆还能恢复吗？”约翰微笑地点点头。

马克无比轻松地走出了约翰的心理诊所。看着马克的背影，约翰微笑着对助手说：“其实我们什么也没做，只是让马克学会面对自己真实的人生罢了。”

下半辈子从什么时候开始

在亲友的调和下，一个整天无所事事、好逸恶劳的男人，得到了妻子的谅解。男人当着众人的面，向妻子发誓，自己的行为，伤害了妻子，也伤害了家庭，下半辈子一定善待妻子和家人，做一个好丈夫、好父亲、好儿子。

风波过去了，一切故我。男人还是那个男人，依然每日游手好闲，毫无变化。妻子的哀怨、亲友的指责，都丝毫不能触动他。逼急了，男人甩下一句："我答应你下半辈子报答你，就一定会说到做到，但你不要现在就这样逼我。"

女人以泪洗面，但她心中一直揣着一个隐约的希望，那就是男人的那个誓言，下半辈子，男人终会改变，日子就会苦尽甘来。

她会等来那一天吗？我看有点儿悬。因为，就算这个男人这一次真能讲话算数，说到做到，可是，他将改变的下半辈子，到底是从哪一天开始呢？40 岁，45 岁，还是 50 岁？对一个不能从此刻就开始做出改变的人来说，他的一生，很可能都只活在利己的上半辈子。

假设人的一辈子可以从寿命中间的那一天一分为二，分为上半辈子和下半辈子，可是，因为我们无法准确地预知我们这辈子能活多久，所以，事实上，也就没有人能够确切地知道，自己上半辈子和下半辈子的分界点，到底是在哪儿。对一个最终活了 80 岁的人来说，40 岁生日的那一天，就是他下半辈子的开始；而一个只活了 60 岁的人，他的下半辈子，就要整整提前 10 年，从 30 岁就开始了。

因为无法预知我们的下半辈子从哪儿开始，因此，把希望寄托在下半辈子，其实都是荒唐可笑的。可是，就有太多的人，喜欢把自己一生的希望和改变，都心甘情愿地放在了下半辈子。

我的一个朋友，是个典型的工作狂，几乎达到了自虐的程度，像个陀螺一样，一直拼命地工作，想尽一切办法赚钱。他的日历里，没有假日，没有放松，没有享受。问他为什么要这么拼命，他的回答很简单：为了积攒更多一点儿财富，让下半辈子的日子过得滋润一点儿啊。这似乎是个不错的理由，问题是，他已经快 50 岁了，他的有滋有味、轻松惬意的下半辈子，会从哪一天开始呢？

我的一位同事的孩子，大学毕业已经好几年了，一直宅在家里，没有工作，也不肯出去找工作，终日沉湎于网络游戏。同事夫妻俩很多次苦口婆心地劝说他，不管怎样，先找一个工作做做，年龄也不小了，谈个女朋友，尽快成家立业。小伙子一边敲打着电脑键盘，一边不耐烦地说：“急什么，我还这么年轻。你们别看我现在是有点儿荒废，我这叫养精蓄锐，厚积薄发，下半辈子，我一定会好好努力，做出一番惊天动地的大事业的。”没错，他还年轻，理论上来说，还有的是机会，但是，一个年轻时无所作为而只寄希望于下半辈子的人，下半辈子到底会怎样，恐怕很难说。

也有相反的例子。我有一位同事，今年年初刚退休。重阳节，我们去看望他时，他正在书房里跟着电脑，摇头晃脑地练习英语口语。我们好奇地问他：“准备出国旅游？”他摇摇头。又问他：“那是孩子出国了，你们老两口准备跟过去？”他又摇了摇头。他告诉我们，退休之后，他一下子闲下来了，有点儿不适应，就想着把丢了几十年的英语再拎起来。他笑着说：“学好外语，这是自己下半辈子的一件重要事情。”

他的下半辈子，是从退休那一天开始的。

那么，上半辈子和下半辈子，还有没有分水岭呢？看来也是有的。那就是，今天，此时此刻。

今天之前，那都是过去了，也就是你的上半辈子。你的上半辈子过得如何，已无法改变。可以转变的，是你的下半辈子。而要让自己的下半辈子过得精彩，没有遗憾，就需要从此时此刻开始，付出努力。

因而，也可以这样说，从你试图做出改变的那一刻开始，你的下半辈子就已经拉开了大幕，它将向你呈现出不一样的下半场人生。

男人如伞

男人如雨伞，使命就是为家遮风挡雨；男人如遮阳伞，总是在烈日下为家人撑起一片清凉的天空。对妻子来说，男人就应该勇敢且理直气壮地做一把保护伞，保护自己的妻儿永不受侵犯和欺辱，有尊严地活着；对孩子来说，男人不要忘了自己还是个降落伞，陪孩子玩耍，伴孩子成长，并确保孩子总能安全地降落在人生的各个阶段，直到孩子长大成人，用自己的双脚伫立于大地之上；而对年迈的父母来说，男人又必须是一把长柄伞，时刻准备做父母的拐杖，支撑他们，慰藉他们。

大多数男人，性格直爽，讲话、做事、喝酒、为人都喜欢直来直去，一竿子见底。这样的男人，就是最常见的那种直柄的伞，一根笔直的伞柄，撑起全部的天空。但也有很多男人，聪明、世故、圆滑，花花头比较多，他们是伞中的折叠伞，可折叠，能伸缩，有弹性，易携带。折叠伞又有二折的、三折的，甚至还有四折的，折来折去，就蜷缩成一团了。不过，纵使是折叠伞，也一样有不屈的伞骨，永不弯曲。一把伞，伞盖破了点儿没关系，伞架子散了点儿也没关系，唯伞骨是不能曲、不能折的。没有伞骨，就不能称其为伞，就像没有骨头和骨气，就不能称其为男人一样。

以前，大街上的伞，很单调，大多是黑伞和灰伞，犹如大街上行走的男人，衣着灰不溜秋，神色黯淡无光。现在可不同了，你不妨看看身边的伞，料子有尼龙的，也有塑料的；有帆布的，也有纳米的；有油纸的，也有丝绸的。色泽就更丰富多彩了，黑的、红的、蓝的、白的、黄的、紫的、花的，你见过的任何一种色彩，都可以被肆无忌惮地涂抹在伞面上。有的伞，还绣了花儿，绘了画儿，镶了花边儿。这多么像你身边的男人，在这个美好的时代，他们也能像花儿一样绽放，像花儿一样灿烂。有阳刚的，也有阴柔的；有文艺的，也有土豪的；有温暖的，也有忧郁的；有豪放的，也有拘谨的。

虽然同为伞，不同的伞，命运也是各不相同的。比如同样是遮阳伞，有的被请到了高尔夫球场，就成了光鲜的高尔夫伞；有的被安排到海滨，就成了浪漫的沙滩伞；还有的被涂上各种文字、图案，在繁华地段，就成了能挣钱的广告伞；而更多的遮阳伞，却是被插在了街头巷尾，成了补鞋的、卖水果的、摆地摊的“家”，它们和伞下的人一样，不得不为讨一口生计，风餐露宿，日晒雨淋。这样的遮阳伞和这样的男人，总是挑着生活的重担，负棘前行，因而能更加切身体会生活的不易，他们外表粗糙，但内心温柔。

伞之所以成为伞，男人之所以成为男人，有一个非常重要的共同点，那就是他们都需要有个人撑着。而撑着男人的，不是别人，正是与他休戚与共、甘苦相伴、荣辱相依一辈子的女人。一个男人一辈子是不是顺当，能不能成功，会不会幸福，很大程度上取决于撑着他的女人。所以，无论你最终成为一个多么优秀多么成功的男人，也无论你的权杖和影响像巨大的伞檐一样笼罩住多少土地，永远别忘了，一直默默地支撑着你和家的那个女人。

男人如伞，就要像伞一样，收放自如，撑得开，也合得拢；拿得起，也放得下。一个男人，就像一把撑开的伞一样，他的心胸有多开阔，他的世界就会有多宽大。

大声和小声

大声说的，未必是大事，有时候恰恰相反，声音越大，事情越小。那些对着手机，大声说话的，细听听，可能全是鸡毛蒜皮的小事情；真正的大事，往往是小声说出来的，轻如萤飞，柔若细雨，却可能左右命运，扭转乾坤。

声音大，嗓门高，也未必就有力量。两个人争论或争吵，声音大的，会在气势上占上风，但这并不能说明，道理就在他这边，很多情况下，声音越大的人，越无理，或自认为有理；而掌握真相或真理的人，并不需要靠嗓门来助威，真相自有四两拨千斤的力量。

习惯倾听，尊重别人说话的权利的人，再小的声音，他也能听见，这样的人，自己也会小声说话，温柔而有力地表达自己的意见和态度；而越是听力不好，从不愿做一个倾听者的人，说话越是大声，他以为只有这样别人才能听得见。这也就是为什么那些从来听不进别人意见的人，却总是怀疑别人是不是听见了自己的话。

大声说的，都是哪些话呢？大凡大话、假话、空话、粗话、官话、套话、废话、瞎话、蠢话、鬼话、漂亮话，都是大声说的，说得震耳欲聋，头头是道，吐沫横飞，水能点灯，鱼会爬树，但往往与人无益，于事无补，甚而祸国殃民。

真心话是不需要大声说的，实在话也不需要吼叫，知心话、暖心话、体己话，更是悄悄地说的，这些小声说出来的话，自有一股温暖人心、催人振奋的情谊和力量。

恨一个人，你就吼叫着大声跟他说话，走到尽头的恋人，最后分手时，一定是情断意绝，山呼海啸，天崩地裂；爱一个人，请记住一定要轻柔地小声和他说话，一声柔声轻语的“我爱你”，比任何高调的山盟海誓都震撼人心。

重要的事说三遍，不过，请小声地说，小声，小声，小声。